书·美好生活
Book & Life

书,当然要每日读。

蔡澜说书法

静下心来写写字

Calm down and write

蔡澜 著

北京时代华文书局

金庸序
蔡澜是一个真正潇洒的人

除了我妻子林乐怡之外，蔡澜兄是我一生中结伴同游、行过最长旅途的人。他和我一起去过日本许多次，每一次都去不同的地方，去不同的旅舍食肆；我们结伴同游欧洲、藩市，再到拉斯维加斯，然后又去日本。最近又一起去了杭州。我们共同经历了漫长的旅途，因为我们互相享受做伴的乐趣，一起去享受旅途中所遭遇的喜乐或不快。

蔡澜是一个真正潇洒的人。率真潇洒而能以轻松活泼的心态对待人生，尤其是对人生中的失落或不愉快遭遇处之泰然，若无其事，不但外表如此，而且是真正的不萦于怀，一笑置之。"置之"不太容易，要加上"一笑"，那是更加不容易了。他不抱怨食物不可口，不抱怨汽车太颠簸，不抱怨女导游太不美貌。他教我怎样喝最低劣辛辣的意大利土酒，怎样在新加坡大排档中吸牛骨髓，我会皱起眉头，他始终开怀大笑，所以他肯定比我潇洒得多。

我小时候读《世说新语》，对于其中所记魏晋名流的潇洒言行不由得暗暗佩服，后来才感到他们矫揉造作。几年前用功细读魏晋正史，方知何曾、王衍、王戎、潘岳等这大批风流名士、乌衣子弟，其实猥琐龌蹉得很，政治生涯和实际生活之卑鄙下流，与他们的漂亮谈吐适成对照。我现在年纪大了，世事经历多了，各种各样的人物也见得多了，真的潇洒，还是硬扮漂亮，一见即知。我喜欢和蔡澜交友交往，不仅仅是由于他学识渊博、多才多艺，对我友谊深厚，更由于他一贯的潇洒自若。好像令狐冲、段誉、郭靖、乔峰，四个都是好人，然而我更喜欢和令狐冲大哥、段公子做朋友。

蔡澜见识广博，懂得很多，人情通达而善于为人着想，琴棋书画、酒色财气、吃喝嫖赌、文学电影，什么都懂。他不弹古琴、不下围棋、不作画、不嫖、不赌，但人生中各种玩意儿都懂其门道，于电影、诗词、书法、金石、饮食之道，更可说是第一流的通达。他女友不少，但皆接之以礼，不逾友道。男友更多，三教九流，不拘一格。他说黄色笑话更是绝顶卓越，听来只觉其十分可笑而毫不猥亵，那也是很高明的艺术了。

过去，和他一起相对喝威士忌、抽香烟谈天，是生活中一大乐趣。自从我去年心脏病发之后，香烟不能抽了，烈酒不能饮了，然而每逢宴席，仍喜欢坐在他旁边，一来习惯了；二来可以互相悄声说些席上旁人不中听的话，共引以为乐；三则可以闻到一些他所吸的香烟余气，稍过烟瘾。

蔡澜交友虽广，不识他的人毕竟还是很多，如果读了我这篇短文心生仰慕，想享受一下听他谈话之乐，又未必有机会坐在他身旁饮酒，那么读几本他写的随笔，所得也相差无几。

代序

静下心来 写写字

问：在中国的书法史上，您最喜欢哪一个书法家的字？

答：我老师第一天上课的时候，拿了毛笔说你写几个字。我都已经几十年没有拿笔了，他说不要紧，怎么样都好，随便你写，签一个名也可以。我战战兢兢地写了几个字，他说你这个字形学黄庭坚比较接近，你走这条路就好一点。所以，中国的艺术，如果有一个好的老师，就不必走那么多冤枉路。他可以从字体里看得出人的个性怎么样。我也在文章里面写过，我第一次写的，真的是像鬼画符。不过，老师看了之后说，嗯，还好，不俗气。

也最喜爱黄山谷。

问：整个书坛呢有种说法，书法有两种，一种是书法名人，一种是名人书法，您是书法名人呢还是名人书法呢？

答：我不知道，我只知道鬼画符，乱讲乱来。但还是有味道的。我只知道就是有一点胆量。

问：书法和美食有关系吗？

答：写文章不可以醉，因为不精密，逻辑性太松散。但写诗是可以

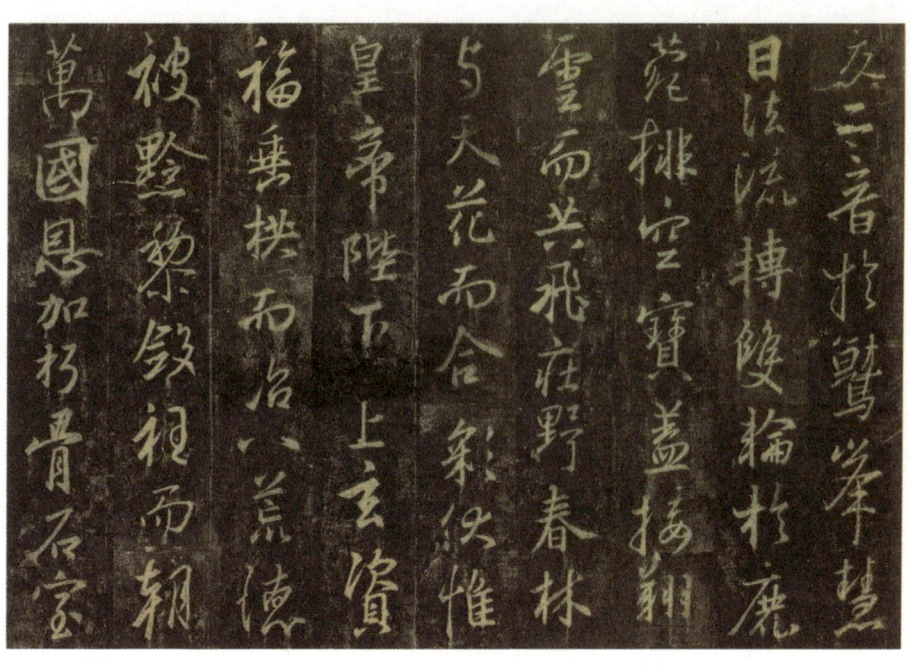

［东晋］王羲之《集圣教序》

的，写书法可以的。醉的时候特别自由奔放，尤其是草书。我最近对草书特别着迷。

问：您最着迷谁的草书？谁写得特别好？

答：黄山谷一流。元稹一流。

问：先生精通书法字画，学生请教，中国诗画单就艺术角度看，哪个层次更高？也就是文学和美术的关系。

答：诗，各国人都会作，把词和书法化为画一般的图案，中国之外是少有的，日本和韩国的也由中国发展出来。

问：文化素质高的人，总是不经意地散发出儒雅的气息。学文学不一定要成为文学家，学书法不一定要成为书法家，但是起码要懂得欣赏自己，这是一种文化素养，值得拥有。

答：说得好。

问：蔡生您好，请问想要自学毛笔书法，您有什么建议吗？

答：可从看启功先生的视频开始。

问：初学书法，该先从哪种字体练起？楷书么？

答：行书也行，可练王羲之的《圣教序》。

问：蔡先生好，我练书法的时候不喜欢模仿前人的字，总觉得模仿不好，要自己写才畅快，可是这样进步又不快，好矛盾。

答：读帖，不必临。

问：老师，零基础练书法可有好的建议？

答：临摹名帖。

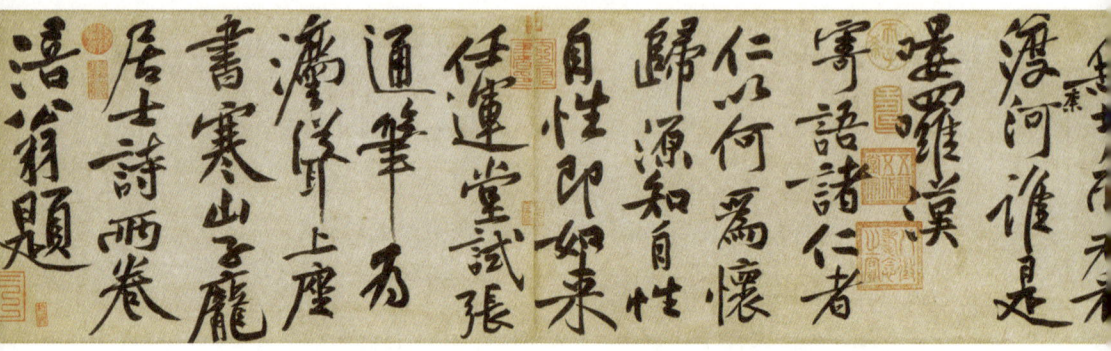

问：没有书法基础，从描红开始，是否好方法？

答：不好。临帖最佳。

问：蔡生，学书法，可以直接从行书学起，可以吗？谢谢。

答：可以，我就是。

问：请问先生，金石技术好，有何秘诀？

答：从书法练起。否则印文只有刀迹，而无笔意。

问：那些年在邵氏进蔡生的房间，蔡生总在书法。一直拜服。

答：记得那些年。当工作不能令人进步，唯有向兴趣方面增长品位。

问：学生喜爱书法，但一直是自学，临帖或是随性为之，没有老师指导，请问先生若是临帖加上个人的特点一路练下去，日后写的能不能算得上是书法，还是无人指导写出的只能被专业者称为毛笔字？

答：勤学即成。

问：书写是第二张脸，小时候的硬笔书法老师每节课都这么说。

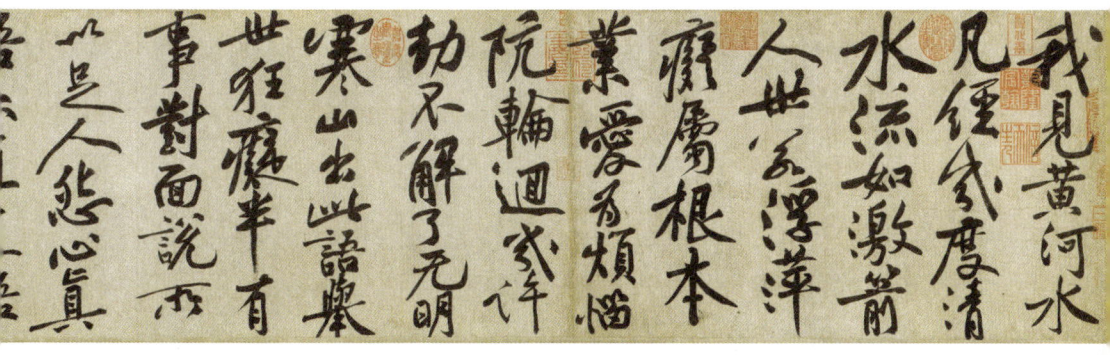

［北宋］黄庭坚《寒山子庞居士诗帖》

答：好一句书写是第二张脸！

问：先生早安，如何品鉴一幅好书法？特别是草书，完全看不懂，单单一幅作品，有人就说非常不好，有人说非常好，那应该如何品鉴呢？是否有一定程度与书写者名声有关？

答：不是一个字一个字看，当一幅图画欣赏。

问：先生，看弘一法师的书法图片，我没专学过书法，看到好多帖字体看上去并不美观，有的还潦草杂乱。这是怎么回事呢？

答：看多了就知道。

问：蔡先生曾说日本名家的书法古怪得很，并谦称看不懂。请问蔡先生觉其怪的原因何在？

答：标新立异，但无基本训练。

问：先生，如果要练毛笔字，要怎样才能知道哪位书法家的作品是适合自己去临摹的呢？总不能仅凭一己的喜好吧？请先生开导，谢谢！

答：还是凭自己喜好。

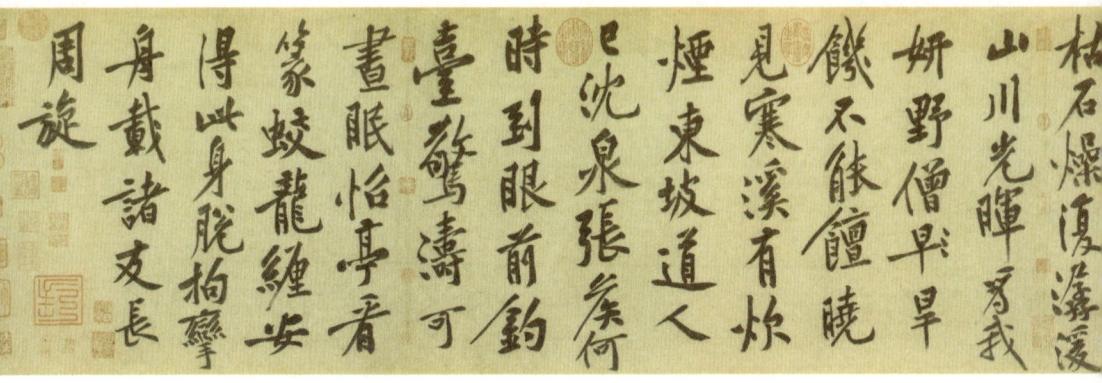

问：蔡澜先生您好！本人生性笨，最近特别喜欢看书法，在我没有任何基础的条件下，有生之年能够写出像您那样有趣的字来吗？谢谢！

答：我四十岁才学写字，你有大把时间。

问：我现在才开始学书法，大三二十岁，别人笑我太晚不应该，自己知道只有喜欢才会想去学。蔡生，不是师从名家也行吗？

答：爱写，就行。

问：蔡生，我喜欢查先生为自己小说名的题字，但我不懂书法，请您谈谈他的墨宝有何特点？

答：个人风格难于模仿。

问：佩服蔡先生在美食、书法、篆刻等多个领域都很精通，请问蔡先生觉得想要在某个领域成为专家需要哪些条件？

答：努力认真。

［北宋］黄庭坚《松风阁诗帖》

问：先生，想要学楷体，可以建议我要临哪一个书法家的帖吗？

答：柳公权。

问：历代书法家您最欣赏哪一帖呢？

答：《松风阁》。

问：有人说知堂先生的字丑，大家评评？

答：看过他的毛笔字多篇，虽然不是什么书法家，但自成一格，绝不造作，我看出美。

问：康有为的字怎么样？

答：康有为写出自己的字是很不容易的。一定要把其他诸家学会了，才会变成自己的字。人家一看就知道这是康有为的字，而不是说像这个像那个，这很不容易。

问：梁启超的字呢？

答：他也有自己的一套。

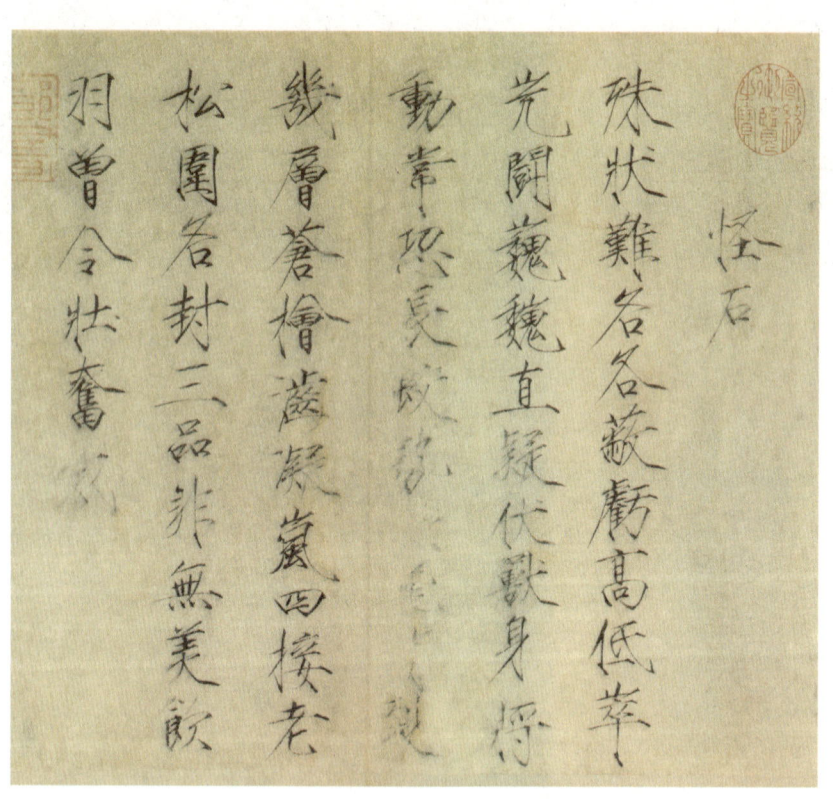

[北宋] 赵佶《怪石诗帖》

问：先生好像比较喜欢较为圆润一点的书法字体，不知先生对宋徽宗瘦金体的评价如何？

答：我写不出。

问：先生，前几日微访谈，问您如穿越想回哪个朝代？您答喜欢宋朝。今日吴晓波（内地财经作家）也专门写了篇为什么愿意穿越回宋朝。敢问先生最喜欢宋朝的原因是什么？

答：喜欢那朝代的书法家。

问：先生，我在学书法，喜欢瘦金体。但是一直学不好，要想进步，该怎么做呢？望先生解惑。

答：每天练两小时，必成。

问：先生，当书法练到成名成家的时候，会受到许多人的赞美，但是让自己满意才是最难的吧？因为艺术是无止境的。

答：对。会那么想才有救。

问：半天了，一个"大"字还是写不好……

答：愈简单的字愈难写，练书法得放松，千万别给自己压力，看到什么字的字形美丽，就占为己用好了。

问：外子说要练好书法，一定要用贵的宣纸写，因为贵，心中不舍，每下一笔必是尽量做到最好的！

答：同意。

问：请教先生，小弟认为中国书法"一"字最难落笔，最难写，先生以为如何？

答：熟练各帖，迎刃而解。

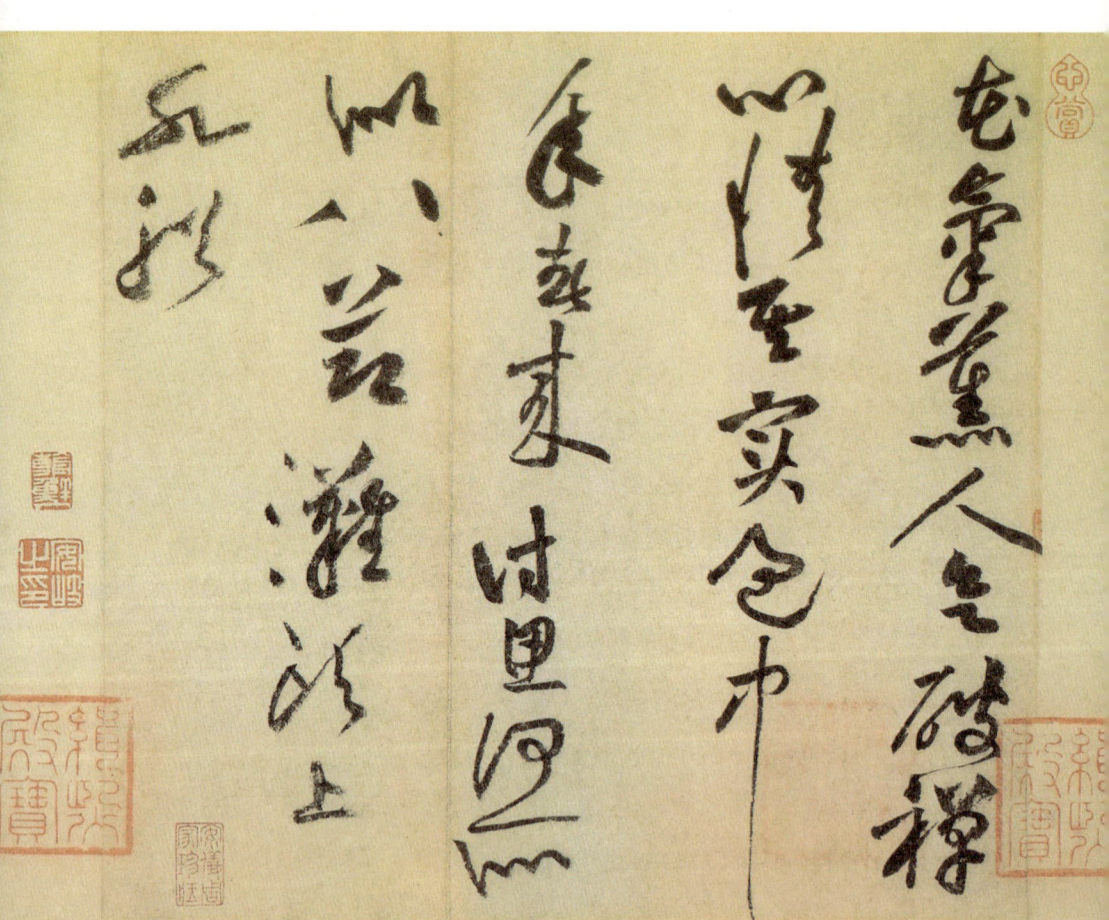

[北宋] 黄庭坚《花气诗帖》

问：毛笔小楷坐着写更累，还不如站着写。可是小楷貌似只能坐着写。

答：书法已成为兴趣，觉得累，别碰。

问：关于书法，书上说入门者先学隶书或楷书为佳。请问蔡生，是按书上的说法，还是先选择与自身字迹较似的字体来入门？

答：我的老师教我，以行书入门。

问：请问先生，在您人生中有没有特别难熬的一段时光，您又是如何度过的呢？

答：有。练书法。

问：先生，丰子恺先生漫画上的题字和充满童真童趣的漫画风格相称。但若是单独看他的书法作品，先生会如何评价呢？

答：有自己的风格。

问：想请问先生，徐渭的书法怎样呢？

答：高超，和他的墨葡萄一样，画是字，字是画。

问：先生，练书法是先模仿名家，还是自成一体随我所想去练呢？我怕模仿之后失去自我。我喜随意，现有楷体字帖在摹。诚求指点。

答：先模仿名家，但不是一家，而是诸家，才能摸出自己的路来。

问：蔡生，初学书法临行草，临黄庭坚《寒山诗帖》，可以吗？

答：当然可以，不过太长，先从最短的"花气薰人欲破禅"开始吧。

问：蔡生，请问一下练书法是否一定要站着才好？

答：坐着可也，写十方尺大字，才站。

问：羊毫宜画，狼毫宜书，现在有兼毫更为耐用。

答：不一定。我爱用羊毫练书法，老师改卷时也说过：怎么让你也把纸写破了？

问：先生，鹅毛笔能否更流畅地书写汉字书法？

答：羊毫最佳，狼毫次之，其他皆非正道。

问：书法临帖时，必要悬腕或悬肘吗？

答：小字不必，大字要。

问：先生喜欢雍正的书法吗？

答：极不喜，呆板，自己为是。枉费了他收藏那么多古人真迹，还脱不出俗气。

问：先生，我小时候练过书法，颜体，写的还算不错，但硬笔书法一直写不好，可以说是极差，想问下有没有练硬笔书法的好方法？

答：毛笔字写得好时，任何书写工具皆能掌握。

问：想请教一下蔡先生，学书法给您最大的得益是什么？本人写的字很不好看，是不是性格比较轻浮的人写的字都不好呢？如果能把书写练好，是不是从而能提升性格方面的缺陷？

答：可以。书法的得益是安详宁静。

问：先生，我们还可以写出像晋代时期的书法吗？

答：永远相信青出于蓝。

问：蔡先生您好，在大街上看到某些牌匾的书法作品，是从左往右念的，落款则在右边，书写者是否犯了错误？

答：大家错，错多了就被接受了。

问：不会书法，但想开始抄经，找不到可做临帖的《心经》，不知应如何开始，请教先生，谢谢！

答：在王羲之的《集字圣教序》中附录。

问：先生，练书法最重要是在于掌握提、按、顿笔吗？在于手腕吗？掌握要点，事半功倍。有少少眉目，但未能掌握要点，望先生给少少提示！

答：笔无法，只要写得美就是。

问：先生，练书法一定要用右手写吗？

答：写得丑，左右手皆丑；字美，没人问你。

问：蔡生最低落的时候你会做什么？

答：练书法。

问：今年二十五岁了，想学作画，觉得可以很安静地坐下来画画是件很享受的事情，想问蔡生，现在只会简单的素描，若要深入，要从何入手呢？还有是不是会画画的人必定也要会书法？

答：中国画要先练书法，西洋的素描基础很重要，打好了再说。

问：我也赞成用真毛笔，小时天天学王羲之的书法，也有二十多年没写了。用科学毛笔写的字感受不到气息及感情，字不是活的。

答：对对。

问：蔡先生平时有没有借几分酒力，信笔纵情写华章的经历？

答：有酒意时，不能写文章，因为组织力已弱；写书法是可以的。

问：我小时候总想继续写写，但提不起劲！蔡生写什么类型的字呢？

答：什么体都要学都要写。

问：为什么魏碑本来很有趣但被他们写在纸上就很呆呢？当下的书法都很浮躁，原来书法艺术是受时代背景影响的，怎么摆脱浮躁心态呢？请教。

答：抄《心经》。

问：请教魏晋书法到底是怎么用笔的？好难写出它们的感觉？

答：除了用笔，还要学碑文刻出来好的劲道。

问：很好奇蔡澜先生写书法用的什么笔墨纸砚？

答：大字羊毫，小字狼毫。红星纸新的都不能写，好在数十年前还留下多刀。

问：蔡生，书法与喝茶外还有什么静下来的方法？

答：念经。

问：还有什么想做的事？

答：开一个儿童班，教小孩子画画、书法和篆刻，也可以同时向他们学习失去的童真。

CONTENTS | 目录

001 _ 金庸序　蔡澜是一个真正潇洒的人
003 _ 代序　静下心来 写写字

PART 1
平生师友

002 _ 冯康侯老师的趣事
023 _ 人生快乐，莫过于对书法的热爱
030 _ 默默耕耘培养下一辈的师兄禤绍灿

PART 2
书法娱己

038 _《心经》
048 _ 抄经的喜悦
055 _ 写经历程
061 _ 抄经的领悟
063 _ 写经之旅
068 _ 宁静是《心经》的礼物，珍之珍之

070 _ 石斋

072 _ 好同学

074 _ 救命记

PART 3
不当书法家，只做爱好者

082 _ 书法的乐趣

090 _ 书法是让人身心舒畅的事

096 _ 行草展花絮

104 _ 可悬酒肆

108 _ 书画展点滴

附录

112 _ 蔡澜：人生真好玩儿（《开讲啦》）

115 _ 蔡澜：我们都是对生活好奇的人（《鲁豫有约》）

122 _ 蔡澜：人生的意义无非就是吃吃喝喝（《十三邀》）

125 _ 蔡澜：发上等愿，结中等缘，享下等福（荣宝斋现场问答）

129 _ 倪匡跋 以"真"为生命真谛，只求心中真喜欢

蔡澜书法欣赏

PART 1

平生师友

书法是一条孤独的道路，但书写时好像在撑艇，整身摆动，舒服无比。人生快乐，莫过于对书法的热爱。

冯康侯老师的趣事

彼岸

从外地归来,才知道冯康侯老师去世。

我的脑子一片空白,一心一意要写纪念老师的文字,但怎样也挤不出一个字来。

断稿令我常做噩梦:以齿咬笔杆,门牙剥落,变成碎粉。一张张的稿纸大得能当屋顶,下雨,纸破裂,水冲下来淹室着我。举笔,骨断,手指一根根掉在桌面,还会蠕动。

以前,曾夸下海口,在这版位上要写尽人间欢乐,与哀怨绝缘。恐怕已经做不到了。老师为人乐观,也不赞成我以悲怆的笔调来写他老人家。我怎么办才好?逼自己写,会对不起冯老师。这些日子,唯有每天拜神。

我拜的是老师所信的宗教,他的宗教是艺术。人们花在研究和膜拜神明的时间,老师拿去做艺术。八十三岁的人,还是不停地写,不停地刻,永远地在创作。

老师领悟的,是归平淡,与释迦牟尼的思想,有何相异?我有生之年，将归依此教，希望一日，追随老师，到达彼岸。

毛笔和筷子

七年前，在很好的机缘下，有刘作筹世伯引见，拜会冯康侯先生。

"老师不一定会收你。"刘先生说，"一切，看缘分吧。"

我点点头。

两人爬上北角丽池一栋住宅的狭窄楼梯。

冯先生是位矮小清瘦的老人，满脸和蔼安详，直接地问："你要学会这些不合时宜的东西，有什么目的。"

"没有目的。"我坦诚地回答，"只是喜欢得要命。"

"那就够了。"冯先生微笑。

接着他老人家叫我先写几个字，千万不要临帖："写出自己的字，写出自己的个性。"

"但是。"我抗议，"我连毛笔也不会拿呀。"

老师笑了出来："毛笔只是一件工具，久不用了，就以为自己不会用。要是多接触，就像拿筷子那么简单。"

同学

冯老师看完我的字，说："果然一塌糊涂，但是，好在不带俗气。"

从我的字，老师将我的个性略作分析，比相命先生还要准。

"想学篆刻，那一定要从书法着手。"老师说，"那把刀，要抓得纯熟的话，练习两三个月，包你得心应手。街边雕图章的师傅，有许多的刀法，比我还要强。刀抓得好，只是一个泥水匠。篆刻最重要的是布白。精于书法，那么你就是一个绘画蓝图的建筑师。"

见我已经能接受的表情，老师继续说："你的字，近黄山谷。你经过基本的抓笔训练后，可以多临他的字。我小时候也临过黄山谷，其实我学得很杂，什么好的碑帖都临。碑帖是我的老师。现在你临黄山谷，因为你们的字形相近，这是一条捷径。我向我的老师学习，你也同样向你的老师学习。所以，我不是你的老师，你也不是我的学生，我们是同学。"

吃鸡蛋

起初临字，总是写出歪歪扭扭的怪物来。鼓起最大的勇气，数十张中选了最满意的，拿去给老师修改。

先看别的同学的字，已觉得写得蛮像样，老师一个个字地改，用红笔把正确的字形勾出，既知道毛病在哪里，自己又捏了一大把冷汗。

时间已近深夜，老师还是那么细心地逐划修。一向知道他老人家眼睛有病，很痛惜他花了这么长的时间，心中想："最好不要改到我，快点跑了吧！我不值得老师花心机。"

但是总会轮到。

老师照样从头到尾观察了一遍后，指出每一划的错误。死了，死了,那么多的丑态。不要改了吧,老师!

忽然,老师指着其中的一个字:"你看,这个'仪'字是多么有力。"

"真的吗?"心中叫喊。

唔,唔,老师点点头。在'仪'字的旁边打了一个圆圈。啊,这个鸡蛋,是天下最美的。

篮球

老师又在一丝不苟地替我们改字。

"我替你们改正字体的错误,只要你们记得一点,错误就少一点。"老师说。

"什么时候才知道自己写的字是好的呢?"我们问。

"字写得好不好,是见仁见智,很个人化的东西。比方说金农的字,我试过用油画的扁笔来写,果然写得一模一样,而且还能写出沙笔。有些人很喜欢,我就觉得没有变化。但是字体有没有错误,却是令看的人都能指出的。所以,先要做到没有错误。"老师说。

叫我当面写给他看后,老师笑着:"你的字写得太快,该停顿的地方还是停顿得很不足。写字好像打篮球一样,接到球后要看清楚把球交给谁,才能抛出。这就是所谓的意在笔先。在还没有决定要交给谁的时候,就是应该停顿的时候了。"

"一个字的最后一笔是最重要的,字写歪或者写坏了,最后一笔可以把字拉正救活，等于球的投篮，得到的完美的结果。"

眼高手低

我们上课，不限于在书法和篆刻上下功夫。老师常拿一些精美的石头给我们看，指出它们的来源，好在哪里。

"当店的学徒，还不是靠看多了才学会的？"老师说。

一同上课的禤绍灿兄是购书狂，每有一册关于书法篆刻的新书，一定拿来给老师看，他老人家很细心地翻阅后分析书的内容，值不值得去读。

书画更是不绝，许多藏家和画商常拿来和老师研究，我们得到不少眼福。

有闲阶级开始买字画，人家批评他们附庸风雅。老实说："附庸风雅有什么不好？代替银纸和股票排在墙壁上，已经表示他们开始走向艺术欣赏的路上。"

"眼高手低。"老师道，"更是好事情！好的东西看得多，能够吸引便叫眼高。眼高表示欣赏力强。手低只是技巧的问题，勤能补拙，多做功夫手便不低。最怕的是，眼也不高，手也不高。"

演员

在老师家上课，论书法篆刻时严肃，闲聊时轻松。

对于开书画展，老师说："开展览会的目的是给人认识，就等于要名了。有名，利就跟来。但是，买画的人，有几个真正懂画？会欣赏的，多较有清高的思想，这种人怎么会看重钱财？他们哪有这么多余的钱去买张画？所以说，书画家多数是演员。"

"这句话怎么讲？"我们都惊奇。

"多少人知道一幅字画的价值，除了作者之外？"老师问，"只有作者自己才明白对这幅字画付出的血汗！"

老师继续说："书画家是演员，因为他们要向观众说明好处在哪里，如何辛苦才写得出。说服观众，生意就做成。书画展的成功，多数靠关系，请熟人来买。连我自己，也不是一样地在演戏？"

"不会吧，老师。"我们说。

"你们看不出，那是我的演技，已经炉火纯青。"八十岁的老人，还是那么调皮。

印泥

"印泥就像老朋友、爱人，要不断地去搅拌。"老师说，"不然，朱砂都沉到下面去了。"老师搅印泥，嫌竹枝和象牙太细，运不出力量，他习惯用一只筷子不停地把印泥团团地搅乱，最后搅成像一个模型小笼包。

接着，他将印石四角沾在这小圆球上，再压中间部分，细心地把整颗印着好印色，才押到纸上。

压时用内力，同样地把四个角和中间的以平均的力量盖上，又恐垫住的纸张不平，第一次压完后还将纸移动到另一个位置，重压之。

印泥会粘贴住纸，要印色最均，更清楚，老师会把石头翻起，然后用指甲背轻轻地刮纸，押出来的印的，是完美的。

"你们知不知道印泥还含有胡椒粉？"老师问，"所以纸和墨虫都会吃，只有印色永远不会蛀洞。印泥放在盒里，要它几十年也不凝结；盖在纸上，又要它五分钟内干掉。你们说这是不是很神奇。任何小东西，注意到奥妙，便会发现这世界有许多美好的事。"

印稿

老师教我写印稿的时候，以一小张宣纸包住石头上，用毛笔把折着的边轻轻地涂上墨，便成一个小框框。

再把这小框框由中间折起，写双字印就有了中线，再折，可写四字印。

将写字的那一面印稿贴在石头上，以水沾湿，另叠上一层白纸，把大拇指的指甲用适当的力量刮之，翻开白纸，要是白纸上已印上墨，那表示印稿已经透墨在石头上。再翻开印稿，你就可以刻印了。

"用清水沾湿印稿过印也行，但是最好是用口水，没有什么比口水更容易过印了。"老师说。

"为什么不把印稿直接地写在石头上呢？"我问。

"直接写上，那不是要将字写反了？"老师反问。

我们点点头。

老师追问："我们一生人都在写正字，忽然要你把字写反，怎么会写得好？"

精雕细凿

常看到有人在一颗米上刻了数十首唐诗，小象牙签上雕花卉鸟兽，橄榄核变成一条船，舱门还是活动的。更有的是在一条头发般粗细的线上刻了数十个字，等等，都认为是一种苦学回来的玩意，很难做到，但是多属于工匠之作，谈不上是什么艺术。

这么精细的东西，肉眼都看不清楚，怎么写得出，刻得来？据说作者并非每样东西都看得到，而是凭感觉创造出来的。

认为精小的东西止于图章石上的边框，再小便成了怪异，边框的字与用毛笔写出的完全不同，有很重的金石味，许多名书家的边框，比他们用毛笔写出来的更好看。

边框以刻刀把横和竖的笔画组织起来，也有人用尖锥用力写在石上。图章石很小，要刻得整齐和构图优美实在不易。

冯康侯老师在刻边款，有位学生问道："老师，何不用放大镜？"

冯老师回答说："用放大镜，那我这把刻刀岂非变成电线杆那么粗了？"

菜篮

某些事，也弄得老师措手无策。

一天，他老人家忽然说："你的名字，字形少，刻印刻不出花样，不如替你改个字吧。"

"改成什么字呢？老师。"我问。

"澜者，大波也，就叫大波好不好？"老师正经地说。

岂知坐在旁边的世兄禢绍灿吃吃地笑了出来，才会意大波，用粤语讲出，变成了大奶子，惹得我们都捧腹。

咦，大波不行，大浪如何？

老师说："大浪也好呀。"

禢绍灿也同意。

我自己心里一想，大浪，大浪，福建话叫出来一点也不好听。

"不，不。"我直摇头。

"为什么？"老师问。

"浪者，闽语之生殖器也。"我说。禢绍灿更笑得由椅子上跌下去。

"蔡澜就菜篮吧。"老师也无奈地说。

何尝不可

在一本书法杂志上看到一个行书帖，翻下去才知道是武则天写的

"升天太子碑",想不到这个喜好弄权的女人也有一手,再看下去,觉得很不耐看。

问老师觉得她的书法如何?

老师说:"天下那么多石碑帖,何必去看这些偏门货?"

想想也是。

"要看皇帝字,不如看宋徽宗。"老师说后拿出一卷印刷精美的瘦金体给我们看,"他将古人碑帖里的字,只吸取其细长的笔。"

接着老师指出这一划是从什么碑,那一撇又是由什么帖变出来的。我读碑极少,不懂得老师所说。

"你们看不出来不要紧,"老师明白我的表情,"主要的是,临帖练碑,笔画的粗细,也可以变成另外一番不同的面目,所以临帖要保持一个'我'的存在,临得一模一样,不如去学摄影。皇帝那么忙,也能抽空把字练得那么好,你们何尝不可?"

羞耻

保良局一百周年纪念的时候,要老师开个书法展,捐助所得。老师毫不考虑马上答应了下来。

"什么公益金或什么慈善机构,大家都慷慨捐钱,但是我一直不明白钱用在哪里?保良局的成绩,却是有目共睹的。"老师说。

大家看他年纪大了,都劝他不要为此事太操劳。老师不听。他天天勤力书写,又集了学生的作品,共一百幅拿出展览。

老师不但出力，裱画的钱也是自己付出，但是，裱画商因其他生意忙，一时赶不出那么多张。"帮帮忙，这是好事，钱多收不要紧，一定要来得及！"老师抓着电话，拼命向那商人要求，急得团团转。

"出钱的人可以得到一件纪念品，私心上，我又能够把学生们的作品向大众介绍一下，何乐不为呢？"老师说，"老天爷给我的时间，为什么那么少？"

说完，又埋头写字，我在旁边看了，对自己处世的冷漠态度，感到无限羞耻。

小印

老师说："人家看我的印谱，多数只翻一下，便猛赞我的小印刻得好，等我一转身，又摇头说可惜我现在不能刻小印了。"

其实，老师晚年虽患眼疾，但是我记得他替我们改小印的时候，一刀一刀像切豆腐一样，又快又准，谁说他不能刻？而且他修改的时候一点也不苟且，比自己刻一个更难。问老师："刻小印的好处在哪里？"

"刻小印有一个最大的好处。"老师说，"那就是刻完之后去刻大一点的印，就好像在放大镜下面做功夫，对准墨线下刀，轻松得很。"我们起初学刻印，老师问我们有没有近视眼？有的是老花，便摇摇头。

"可惜，"老师说，"近视的人刻小印最好，眼前的东西看得清楚。"

问如何判断一方小印的好坏？

"好的小印，"老师回答，"看起来有大印气派！"

假如

想起来，居住在香港的这几年，假如得不到老师的熏陶，我自己会变成怎么样的一个怪物……

每天一早打开报纸，先看电影卖座的票房纪录表，生活圈子只限于与事业有关的人士，谈来谈去是买房子、汽车和富兰格金币。但是，永远比不了别人多。

好了，一要比较，本分的钱不够，想法子发横财呀！每星期排队去买六合彩，这次累积奖金有六百万，希望别人不要中，看电视，竟有几十个中头奖，分得那么少！大爷中的时候一定只有一票。买吧买吧，只要两块钱，世界上哪有这么便宜的梦。

买马买狗的机会，总比六合彩高一点吧？花几十块，一种千几。不中？当他是储蓄，总有一天会收回来。

更容易赢的，是打麻将嘛，机会四比一，哪里会像买马那么次次倒霉，胜一仗够几天开销，打打打。

王羲之的字写得好？叫他来当中文秘书。

汉印

起初看《十钟山房印举》，觉得乏味得很，只对其中的书印和兽形印有兴趣。经老师教导之后，慢慢地感到其中的平板无奇的人名印，竟是那么变化多端，玩之不尽的一本教科书。

老师说："在刻人名印，刻局之前，先翻翻'十钟'，总会带给我们不少灵感。"

我们把"十钟"读熟后，更发现它是书法中的《圣教序》、诗中的"唐诗三百首"。

"几乎所有名家，都是抓到汉印中的神髓，而演变成自己的风格。汉印有两个面目，一是残缺，二是完整。"老师指出，"黄牧甫保持汉印的先天形象，刻出细致和灵巧，吴昌硕则学了后来的爆裂，布白粗犷与抽象。"

汉印的最大好处，还是它们很耐看，不会一下子饱腻，但是在平凡中不带灵气，又沦为街边刻印匠之流。汉印之好处和理解，许多名家之题框上都有记录。

"刻印者无不学汉而能自成一家。不经汉印而独创者，往往会发现自己走的路，两千年前已有人行过。"老师说。

勉励

因为我看的印谱不多，吸收得也少，所以写起印稿来变不出花样。

老师替我们改印稿，绝对不会将之改得面目全非，一定是根据原稿去修正，如果原稿实在坏得太离谱，需要另起炉灶的时候，老师必先说："其实可以试试邓石如的刻局……"或说，"牧甫有过这么一方印……"又说,"无让之会这么写……"

讲完之后,他才重来一个构图。虽然他老人家尽可直言,但是总处处顾到我们渺小的自尊,决不让学生在学习过程中有任何气馁的可能性。

"多写印稿,"老师说,"写就等于刻,遇到某些放不下去的字,大家研究,你们写一个姿态,刺激我想到新的刻局,不亦乐乎?"

老师又常鼓励我们将作品拿去发表,写完的字裱起来送朋友等。我个性草率鲁莽,但也不敢那么做:"我不够胆,老师。"

"不够胆?我借给你。"老师笑,"其实我应该借给你的,是小心。"

有情无情

对一方印的刻局,我们先把几个字写出。不懂的篆,查字典,翻古人印谱,拼起做成一个构图。

老师一看,说:"这方印没有做到有情。"

"有情?印也有情吗?"我们问。

"当然啦。"老师说,"所谓有情,便是字和字之间产生了关系,以取得联系。一方印的印文,每一字都要兼前顾后,左揖右让,才会有神趣。"

我们再仔细看回自己写的印稿,果然是每一个字都离了婚。

"不单是刻印,书法也是如此,一行字中要注意到疏密,行与行之中要照顾到字的大小。东一个字，西一个把字拼起来，那么就不叫写字和刻印，变成排字工友捡字粒了。"老师笑着说。

我们翻开印谱，指出一古人的印，亦患此毛病，拿去给老师看，他老人家说："这就叫作无情。"

转笔

老师的学生很多，有的我们从来没有见过面，但是一看到他们执笔，即能认出。

盖老师教初学者，执笔时以食、中、无名三指拼成一直线，握在笔杆外；拇指对准中指，由笔杆内顶住。

为什么要这么抓呢？主要是使到拇指能转动笔杆，为什么要转动笔杆呢？主要是统一笔画的粗细，使其气韵连接。

比方说，我们写一个国字，它的右上角是以一横和一竖构成。如果我们用一支羊毫，它的笔毛没有弹力，先写横划时，笔毛已经压得扁扁地，字画就粗了，再接着写直竖，那么笔画不就变细了吗？要是我们写完了横竖，在转角的地方把笔转一转，粗细的笔画便统一起来了。

"很多人喜好看我写字，只看我写出来的东西。"老师说，"其实，写出来的字可以在写完后慢慢观察。看的时候应该注意我的运笔，在什么时候把笔转动，看我写字，为什么不看我的手？"

养志

自得老师之熏陶，开始读碑帖，学篆刻，看名画。

开始明白为什么古人的山水，顶端总有一处空白，原来是整幅画的延长，进入画中，和人物一块游山玩水，爬到高处，乘白鹤飞翔到画外的天空，开始看懂一些书法，自自然然，不管美丑均有气质，这便是所谓的天籁了吧。

开始知道两千多年前的印匠，把平板无奇的名字，化为一个神奇的构图，和汉朝人做朋友去了。

开始沉迷在许多美景之中。同事们也开始叫我为疯子。

开始觉得时间不够，在不想影响本身工作下，少睡两个钟头，便能做多一点学问，开始看东西有立体感，开始磨炼感觉的尖锐，反而对事业有了远见。

老师观察到这些，一天，他说："写个印稿送给你去刻。"

印文曰：玩物养志。

不墨守

老师教学问，活学活用，从来不叫我们墨守成规。

比方说以前学校先生叫我们写字一定要磨墨，老师却说："尽管用墨汁好了。现代人生活那么忙，小楷还可以磨墨，写大字就太费功夫了。与其把时间花在磨墨上，不如拿去多练其他碑帖。"

看老师写个"羽"字，先写两个钩，再各上两点。

"老师，写字不用按照笔画顺序吗？"我们问道。

"一幅字的刻局，就好像一张画一样。你们说是不是？"老师反问。

我们都点头。"字的结构，就好像树枝和花朵。"老师举例，"先写枝也好行，先点花也行，没有什么顺序的必要。"

"画竹也是同样道理。脑中有了构图，从哪里着手都可以。这就叫作胸有成竹。用什么方法去达到目的，却是次要的。"

小学

老师谈论得最多的一本书，是《说文解字》。

他说："我以前不管坐车乘船，手中总捧着一本说文，我读的是那种分成几册的线装本。看完了卷起来，放在裤袋子的后袋里。"

结果，老师整本《说文解字》都能背出。

除了书法和篆刻，老师对文字学深有研究，而做文字功夫的人，非经过读熟说文这个阶段不可。

由说文，老师上索周朝的金文，商代的卜文，并重视甲骨文雏形，见到字形即能会意，等于看懂一幅图画，这又是一个多么广阔的天地。

我们上课，每问一字，必能得到深入浅出的解释，可见老师在文字上下的功夫。

"说文由汉朝传到今天，两千多年，作为中国文字的第一本字典，是多么珍贵的一册工具书！"老师说。接着他打趣道，"说文又叫小学，以前人家小学必读之书，现在的大学生不一定人人翻过。"

满足

昨天和禤绍灿兄在陆羽饮茶，希望他给我多一点自理，让我去写些我没有听过的老师的故事。

禤兄做功课非常勤劳，老师晚年的学生中，他学到的东西最多。老师所讲的，他都记录下来细嚼。他的碑帖修完一个又一个，文字一种再一种，老师看了满意才叫他换新的去学习，他自己绝非贪多。

对篆刻，禤兄毕竟小心，我则太过大胆，老师上课时指着禤兄说："你是青衣花旦。"

又指着我："你是老生，不，不，说错了，应该说你是全武行。"

"老师说的话，一向都是对的，只讲过一件是错的。"禤兄说。

"那是什么？"我好奇，禤兄谦虚道："老师说你学到我死去的时候，总有所成，但是我还是一无是处。"老师教导，我们最大益处，是先学会做人，禤兄性情敦厚，已成功一半，我要是有他的十分之一，已经满足。

冷汗

一九八〇年四月，香港艺术馆替老师开了一个叫"冯康侯：书、画、篆刻"的展览会，选老师近三十多年来的作品共一百二十一件，并出版了精美的小册子留作纪念。

关于老师的生平介绍，他说："其实我那方学无止境的印中边框，已写出我的一生，以及我对艺术的看法。"

"这一次展出后，东西将留在香港艺术馆，也是件好事。"老师接着说，"恐怕，也是我最后的一次吧！"

我们听了都低下头，说不出话来。

"我请饶宗颐先生为我作序。不过，我告诉他，请他绝对不要称赞我，大加批评我也接受。我的作品，好坏让后人来判断。"老师的表情，充满一股正气。

继续，他轻松地说："我请饶宗颐先生强调的是：本人治学，六十年如一日，从不中断，又永远认为艺术是神圣者，永不以此来做手段。"

这番话，令一般沽名者流冷汗。

老朋友

老师从十三岁开始刻印，到八十三，整整七十年功夫，从不间断，少说也有万多方。

"但是，"他说，"称心者真的是算得出。刻一方印，像认识一个人，能够做朋友的，到底不多。"

"学无止境""气韵自然"是他老人家心爱的。最喜欢的是"家在沙园",以为失去,受赠的赵少昂先生近年在广州重得,老师高兴若狂:"这方印,刻时心情好,石头佳,刀手顺,才有奇迹出现,后来再三重刻想交回新朋友,怎么样也没有那个味道。"

最可惜的是一方"身经百战",送给了黄文欣,不但印石不见,连印稿也遗失,老师摇头:"这好朋友去世了。"

病中,学生拿来一本张大千画集,刊登张之奖状,上有一"学典之玺",字样是老师二十多岁时,全国征求印稿时被选中之作品。

老师微笑:"想不到你这老朋友也来看我的病。"

最后

惊闻老师入院,由远方赶回来,直赴病房。老师紧紧地抓住我的双手。

我们尽谈病好后,到新加坡开书画展的事。那天他老人家心情特别好,也很精神,吩咐一直在照顾他的大哥大嫂:"等一下铫鸿来,请他带个相机。我们来拍些照片。"

陈铫鸿医生在这几年勤向老师学习,师母和老师的病都由他来看,依老师所嘱,把相机带来。

我心中打一个结,拍什么像呢?留什么纪念呢?

老师不大肯吃药,说:"又不要去看戏,买票子来干什么?"

言下之意为反正要去,不必做多余事。

学生姚顺祥兄回答道:"老师,把票子买了,去不去看慢慢决定好了。"

老师卧在病床上，手指不停地在动，他担心万一医好，双手麻木了的话，不能写字，和死亡不是一样吗？

"死亡并不可怕。"老师说，"怕的是身边的人痛哭。师母去世之前，我一直服侍了她两年，那种心情，的确不好受。"

他笑望住我："做人最好是横死！"

"这话怎么讲？"我们惊讶。

"你想，一些飞机意外事件，乘客在没有时间思考和感觉下就那么去了，多好！做人反正一定要死，我倒希望像他们一样忽然地离开。"

老师于一九八三年十二月七日逝世。

老师留下给我们，最珍贵的是对艺术和做人的态度：自然大方，学无止境。这些哲学好像要花几十年功夫才能钻研出来，但有了老师的熏陶，道理又是很简单。

先由基本做起，不偷工减料，便有自信，有了自信，再进一步去学习，尽了自己的力量，不哗众取宠，不标新立异，平实朴素，就可以自然大方。我们脚踏实地，我们便有根，不用去问别人证明我们懂得了多少，那个没有后悔的感觉，是一个多么安详的感觉。

人生快乐，莫过于对书法的热爱

禤绍灿兄从小喜爱书法与篆刻。

在一九七五年首次于中环闲逛，遇一途人询问"文联庄"于何处，指示之。后来两人重遇，得知此人叫陈岳钦，新加坡人，来港学习书法，而教篆刻的，恰好是绍灿兄崇拜的冯康侯老师，苦于没有门路认识。

恳求陈先生介绍，个多月后终于有机会拜见，得冯老师允许。我则是在强登山阶段，托家父好友刘作筹先生推荐。绍灿兄的年纪小我甚多，但早我一日拜师，之后便以师兄称呼。

之前，我们二人先见了面，约好一起上课。忽然，八号风球，这还不打紧，惊闻老师爱子当天过世，绍灿兄和我不知如何是好。

两人商量之后，觉得已约好时间，打电话取消甚不恭敬，不去是不行了，上去了至少可以表示我们的哀悼。老师当年家居北角丽池一小公寓，必爬上一条窄小的楼梯才能抵达，两人也就硬着头皮进访。

冯老师身材瘦小，面貌慈祥，微笑着向我们说："当然上课，我把丧子的悲痛，化为教导你们的力量。"

拿起毛笔，冯老师叫我们写几个字。什么？毛笔都忘记了怎么抓，如何写字？老师看到我为难的表情，安慰说："不要紧，不要紧，尽管写就是。"

原来，从学生的字迹，老师即能看出人的个性，字太俗气，就改变教学方式，令来者知难而退。这是以后我们由数名来学的新生看到的，那时才流出冷汗来。

禤绍灿我叫他灿哥，我那辈子的人，都会称呼比我们年轻人为兄或哥，像世伯刘作筹先生也一直叫我蔡澜兄一样。

冯康侯老师说我有点小聪明，禤绍灿勤力，方能成为大器。说得一点也不错，我还为工作奔波，拍成龙的片子，去西班牙一年，南斯拉夫一年，失去很多向冯老师学习的机会。

而灿哥那么多年来任职同一家银行，做的也不是数银纸的枯燥工作，而是编辑银行的内部刊物，当然与文化有关。那么多年来，灿哥上课从不间断，老师所说的他一一牢记，并做笔记，可以说是一本活字典。冯老师离我们而去，但对于书法和篆刻的一切，由如何执笔、用纸，到怎么挑选石头、写印稿、什么叫印中有笔墨等，都留存在灿哥脑海。他本人，已是一个无形文化财。

记得冯老师的名言："我临古人帖，尔等亦临古人帖；故我们非师徒，同学也。"

向冯老师学的岂止是书法与篆刻，而是做人的谦逊。灿哥当然得到真髓，又配合他胸怀坦荡的个性，说的句句是真话，与一般书法家有别。

经众人推举，叫我为才子，但真正的才子，须精通二十样功夫。别的不说，列在最前的五项为"琴棋书画拳"，我就做不到了。灿哥年轻时学习武术与兵器，中年之后更深造螳螂拳及意拳，令我佩服不已。

灿哥曾说，人生快乐，莫过于对书法的热爱。记得我们从冯老师家中放课后，就到附近的上海馆高谈阔论至深夜，那种愉悦，我也感觉一二。

上课时，冯老师会将我们学的帖在纸上重写一遍，让我们临摹，像《圣教序》，因集字而失去行气，经老师重写，不失原帖神髓，我们更能捉摸到整句的感觉和气势，这是一般人读帖得不到的福气。

临摹之后，我们拿去给老师修改，时常被指正，脸红不已。偶尔得到的赞美，是老师在字旁用毛笔画了一个红鸡蛋，得到了欢喜若狂。

承继这种教学方法，如今绍灿兄也收弟子，一一圈出红鸡蛋。他家里留给他的物业，有一间在中环的房子，面积虽小，但如今变卖，也价值不菲，绍灿兄没这么做，当成教室，把学问传给年轻人。

偶尔，学生们上课时我也跟着上课，到底要向绍灿兄学的还是很多。当今，我已荣升为师叔，年轻人都口口声声地这么称呼，要我表演两手，我嚷说只会教坏子弟。

绍灿兄上课时，耐心地解释每一个字的出处，由于他学篆刻，得精通各种文字，从这个字的甲骨、钟鼎、封泥、大小篆，如何演变到今天大家熟悉的楷书，令学生得益不浅。

"通过对学问和知识的追寻，得到不能形容的快乐和满足。"绍灿兄说，"书法是一条孤独的道路，但书写时好像在撑艇，整身摆动，舒服无比。本人治学，六十年如一日，永远认为艺术是神圣的，永远不以此作为手段。"

学生之中，有一个我介绍过去的，叫李宪光，他也叫我教几句，我说："灿哥也说过：对任何学问，先由基本做起，不偷工减料，便有自信，再进一步学习，尽了自己的力量，不取宠，不标新立异，平实朴素，就自然大方，我们脚踏实地，我们便有根，不用去向别人证明我们懂得多少，那个没有后悔的感觉，是一个多么安详的感觉！"

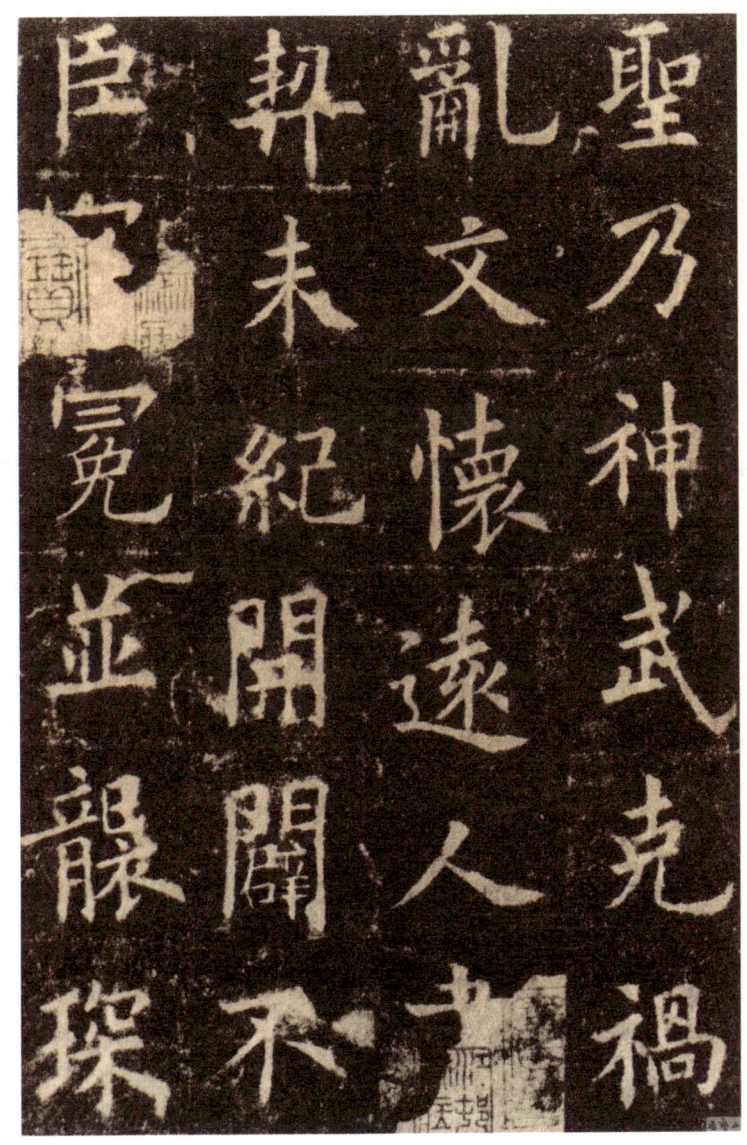

[唐]欧阳询《九成宫醴泉铭》

趣舍萬殊靜躁不同當其
欣於所遇暫得於己快然自足不
知老之將至及其所之既惓情
隨事遷感慨係之矣向之所
欣俛仰之間以為陳迹猶不
能不以之興懷況脩短隨化終
期於盡古人云死生亦大矣豈
不痛哉每攬昔人興感之由
若合一契未嘗不臨文嗟悼不
能喻之於懷固知一死生為虛
誕齊彭殤為妄作後之視今
亦由今之視昔悲夫故列
敘時人錄其所述雖世殊事
異所以興懷其致一也後之攬
者亦將有感於斯文

[东晋]王羲之《兰亭集序》（唐冯承素摹本）

默默耕耘培养下一辈的师兄禤绍灿

禤绍灿比我小十岁,但他拜师早一星期,从此以师兄称之。

刚好是冯康侯老师的小儿子去世,我们问老师是不是暂停一阵子,再来上课。老师摇摇头:"失去一个,得了两个。"

之后,我们每星期上一堂课,由王羲之的《圣教序》开始学起。因为老师说:"书法主要学来运用,并不是学来开书展。草书太草,楷书太死板,还是行书用得最多,学会了《圣教序》,日常写字,都能派上用场。"

绍灿师兄之前跟老师学过书法,底子很强。我则一窍不通从头开始。

绝对不是因为他先学过,我赶不上他。主要是绍灿兄很勤力,我很疏懒。

临了一两年碑帖之后,冯老师才教我们篆刻。这时我兴趣大增,特别用功。老师认为我刀笔朴茂,尤近封泥,送一副对联鼓励,但是禤师兄已牢记甲骨金文和大小篆,对刻印的技巧和布局,面目丰富,强我许多。

老师自童年至八十岁,一生奉献于书法、篆刻和绘画,对我们问的问题,无一不以深入浅出的方法解释,但我还是有许多听不懂的地方,下课后,在附近的上海小馆一面喝啤酒,一面请教禢师兄,得益不浅。

东西是吃不下了,因为在上课时,老师虽然收了我们一点象征性的学费,但是每一课都和师母一起喝汤,老师又爱吃甜品,有个"糖斋"的别号,什么蜜饯糖水,吃之不尽。

"你们与其向我学书法,不如向我学做人。"老师说,"做人,更难。"

学问是比不上禢师兄了,但我们两人在老师的影响下,个性同样地变得开朗豁达,受用无穷。

眼看禢师兄拍拖、生儿育女。现在子女都长得和他一般高了,他还是老样子,每天在上海商业银行上班,回家后做功课,十年如一日。

我的生活起伏较多,书法和篆刻荒废已久,但有时受人所托,刻个图章。布局之后,也要先请教禢师兄,看看有什么篆错之处,才敢拿去见人。

当年我住嘉道理山道,绍灿兄的办公室在旺角,我们一星期总有几天去一家小贩和清道夫麇集的"天天"茶楼吃早餐,阔谈文章。虽然不是酒酣耳热,但也有宋人刘克庄所说"惊倒邻墙,推倒故床,旁观拍手笑疏狂"的感觉。

不断的努力之下,禢师兄几乎临尽历代名碑帖,看他写字的时候,笔锋左右摇动,身体也跟着起伏,已经学到老师所说的"撑艇荡漾"的境界。到这地步,已经着迷,领略到书法给予人生的欢乐。

而我呢?远远不及,只能坐在岸边旁观罢了。

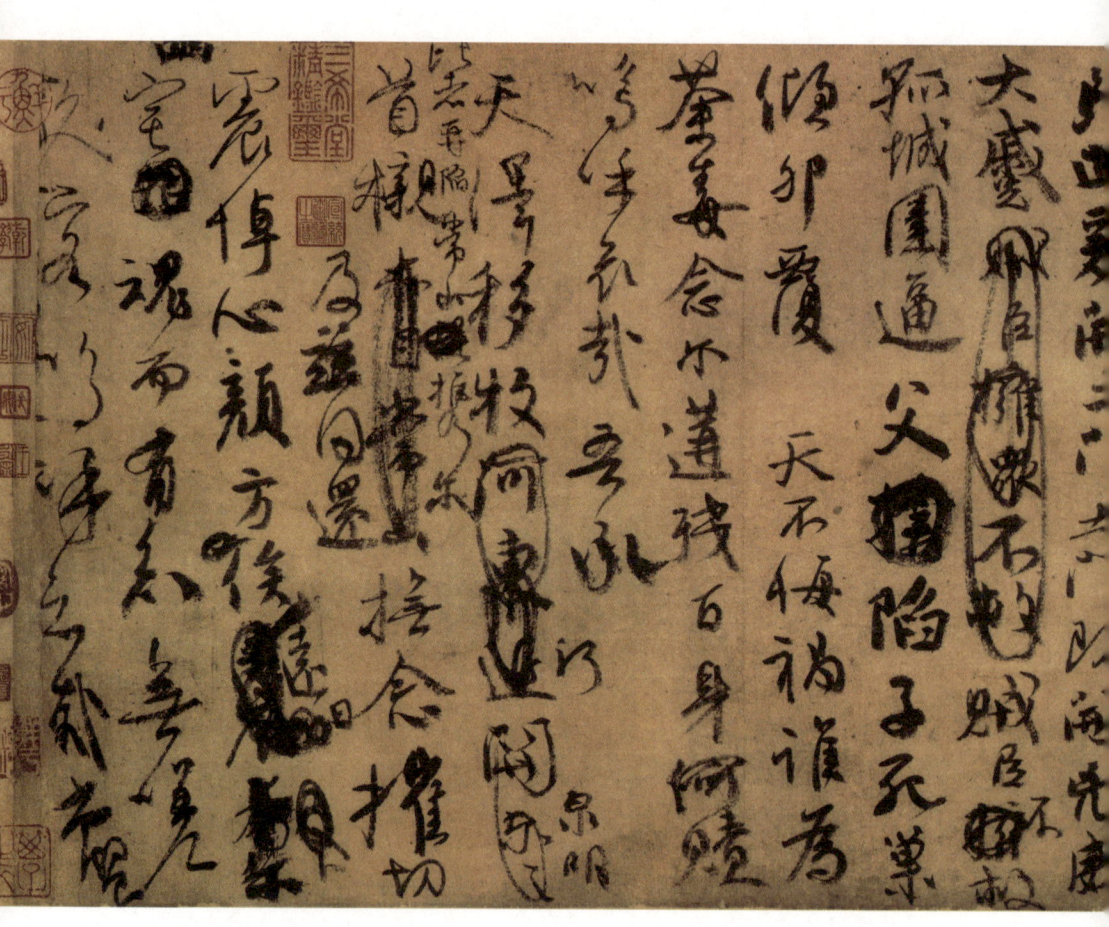

[唐]颜真卿《祭侄文稿》

維乾元元年歲次戊戌九月庚午朔三日壬申第十三叔銀青光祿大夫使持節蒲州諸軍事蒲州刺史上輕車都尉丹楊縣開國侯真卿以清酌庶羞之奠祭于亡姪贈贊善大夫季明之靈惟爾挺生夙標幼德宗廟瑚璉階庭蘭玉每慰人心方期戩穀何圖逆賊間釁稱兵犯順爾父竭誠常山作郡余時受命亦在平原

现在禤师兄借了好友赵起蛟夫妇的地方,在窝打老道和梭亚道之间的松园厦,每个星期一教课,好些喜爱书法的年轻人都在那里练字。

向冯老师学习,禤师兄也只收些象征性的学费,目的还是一方面和年轻人有个交流,一方面自己进修。

偶尔,我也去上课,年轻人见到我,叫我师叔,有点武侠小说的味道。

"师叔,请过几招。"他们说。

我多数只是笑而不语。有时技痒,便讲出整张字中布局的毛病。教人我是不会的,但构图不完美,看多了总摸出个端倪,便倚老卖老地指指点点。

同学之中有一位是张小娴的表哥,任政府高职,人生有点不如意。自从我介绍去禤师兄处练字之后,利用书法分散注意力,对人间的冷暖,也看淡了许多。

每逢星期四晚上,禤师兄和一群志同道合的朋友,在庙街的"石斋"雅集。"石斋"本身卖文房用具和艺术书籍,并供应各地制造的书画纸。好友们就地取材,拿起毛笔便写字,闹至深夜,乐融融也。

师嫂非常贤淑,一直在当教员,还要负责家务,身体不是很好,我只能偶尔慰问,惭愧得很。她支持也欣赏丈夫的成就,从不诉苦。

依绍灿兄的修养,应该开个展才对,但他只在团体书法展中,拿几幅出来给人看看。

老师说过:"个展这回事,也相当俗气,开展览的目的离开不了卖卖字画。来看的人,懂得欣赏的不多,有时还要应付些可能买画,但又无知的人。向他们解释哪一幅比较好,已经筋疲力倦。"

禢师兄大概有鉴于此,不肯为之吧。

还是默默耕耘,做培养下一辈的功夫。子弟之中,有些颇有灵气,要是他们学到禢师兄的精神,今后自成一家,也毫无问题。

冯老师仙游,我们悲恸不已。好在有禢绍灿师兄,他对老师所说过所教过的一言一语,都牢牢记忆,变成一本活生生的书法和篆刻的字典。在他身上,我看到冯康侯老师生命的延续,非常欣慰。

般若波羅蜜多心經

沙門玄奘奉詔譯

觀自在菩薩行深

般若波羅蜜多時

PART 2

书法娱己

清修、焚香、抄《心经》。从古人写的《心经》，也看得出他们在寻求更古之人的字迹，也经过这种临摹的历程。一篇一篇去发觉，原来单"般若波罗密多"这六个字，是有那么多的写法，这份喜悦，是难于形容的。

《心经》

《心经》是接触佛教最简捷的一条大道，全卷只有二百六十个字，却为六百卷《大般若经》的精髓，字数最少，含义最深，流传最广，诵习最多，影响最大，最佛教最基础，也是最核心的一部经文。

一生人，能与《心经》邂逅与否，全属缘分，得之便知是福，识之便得安祥。那二百六十个字，这么许多年来有多少人试译，甚至写成洋洋数万字的书来诠释，都是画蛇添足之举。

不了解吗？不必了解，读了总之心安理得，烦恼消除，你能找到更好的经文吗？

念经最好，抄经更佳。

怎么抄？文具店里有许多工具，最简单的是已将经文印好，你可以用一薄纸盖在上面，用毛笔照抄就是。更简单的是把字体空了出来，我们蘸墨填上去即可。在日本更有很多寺院设有抄经班，由和尚指导，参加了可得一两个小时的宁静。

如果对书法有兴趣，用抄经来进入书法的学习和研究，那心灵上就更上一层楼了。

我的老师冯康侯先生教我们，书法有许多字体，最通用的是行书，学习后可以脱胎换骨，写一封信给家人或朋友，比所有的表达感情方法更为高级。

行书怎么入门？莫过于学书圣王羲之，而经典中之经典，是王羲之的《集字圣教序》，到处都可以买到一本来临摹，而这本帖中，就可以找到王羲之写的《心经》。

后人抄经，都有王羲之的影子，他的书法影响了中国人近两千年，临他的字，不会出错，但有些人说王的心经是用行书写的，抄经应该焚香沐浴，正坐一字一字书之，才能表达敬意。

真正了解佛教的，便知道一切不必拘泥，如果你认为楷书才好，就用楷书吧，但楷书应该临哪一个人的帖呢？学习了抄经之后，便会发现原来这世上不只你一个，我们的先人，抄《心经》的可真多。

从唐朝的欧阳询，到宋朝的苏东坡，元朝的赵孟頫，明朝的傅山到近代的傅儒，都规规矩矩地用楷书写过《心经》，而其中最正经的，莫过于清朝乾隆，皇帝写字不可不端庄，但当然写出来的，逃不过刻板。

如果你想用楷书写《心经》，那么这些人的字都要一个个去学，为什么呢？我们写字写得多了，就要求变化，而《心经》之中出现了不少相同的字，像这个"不"字就有九次，"空"字出现七次，而"无"更厉害，出现了二十一次之多。那么多次的重复字，我们当然想求变化，不要写来写去都是同一形状，同一字体。那么在求变化之中，你读到其他人写的《心经》，就可以从中学习了。

写经就是刻板，写经就是不必要有变化，有些人说。弘一法师写的

[唐]欧阳询《心经》

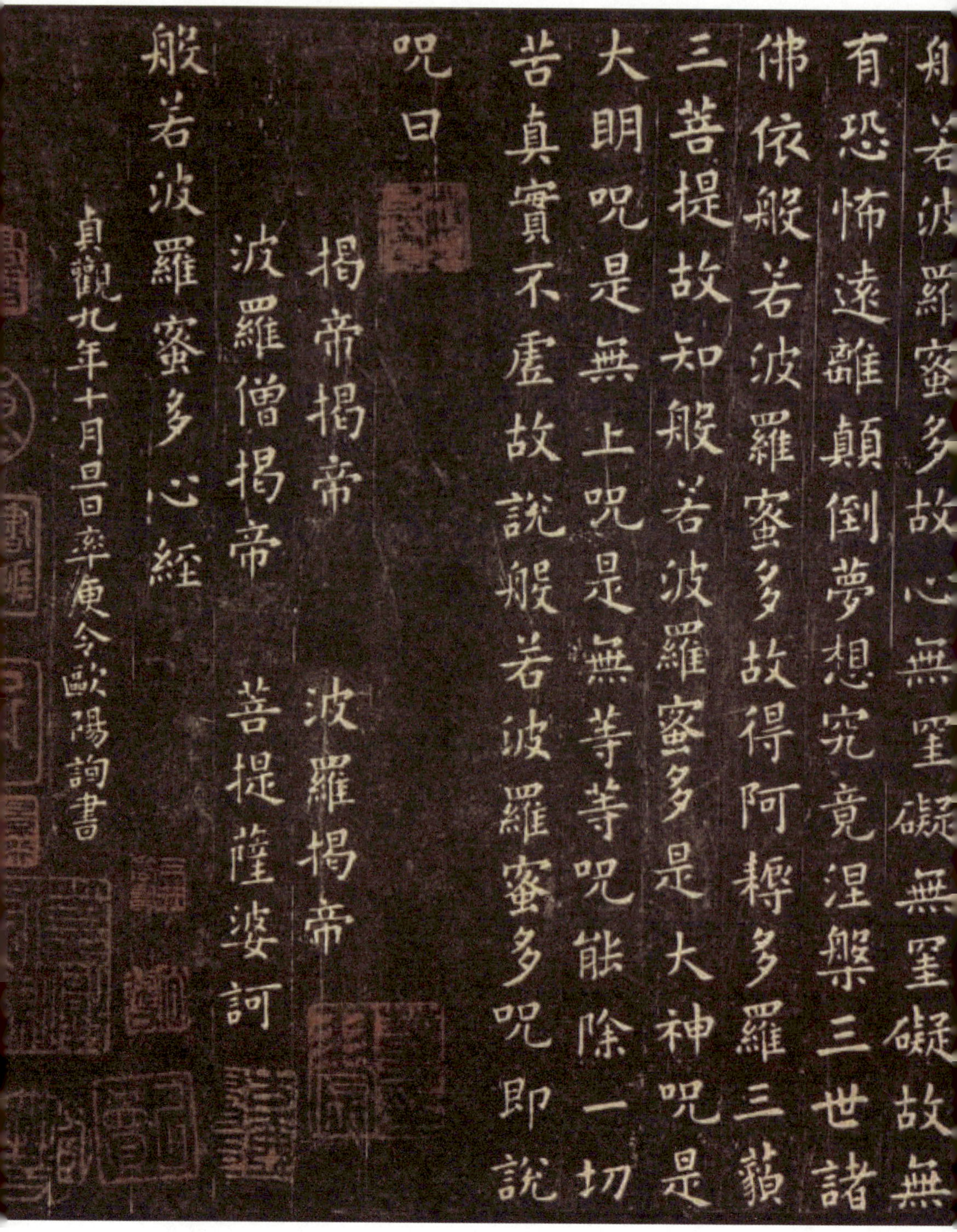

……般若波罗蜜多故心無罣礙無罣礙故無有恐怖遠離顛倒夢想究竟涅槃三世諸佛依般若波羅蜜多故得阿耨多羅三藐三菩提故知般若波羅蜜多是大神咒是大明咒是無上咒是無等等咒能除一切苦真實不虛故說般若波羅蜜多咒即說咒曰

揭帝揭帝 波羅揭帝 波羅僧揭帝 菩提薩婆訶

般若波羅蜜多心經

貞觀九年十月旦率更令歐陽詢書

唐歐陽詢書

般若波羅蜜多心經

觀自在菩薩行深般若波羅蜜多時照見五蘊皆空度一切苦厄舍利子色不異空空不異色色即是空空即是色受想行識亦復如是舍利子是諸法空相不生不滅不垢不淨不增不減是故空中無色無受想行識無眼耳鼻舌身意無色聲香味觸法無眼界乃至無意識界無無明亦無無明盡乃至無老死亦無老死盡無苦集滅道無智亦無得以無所得故菩

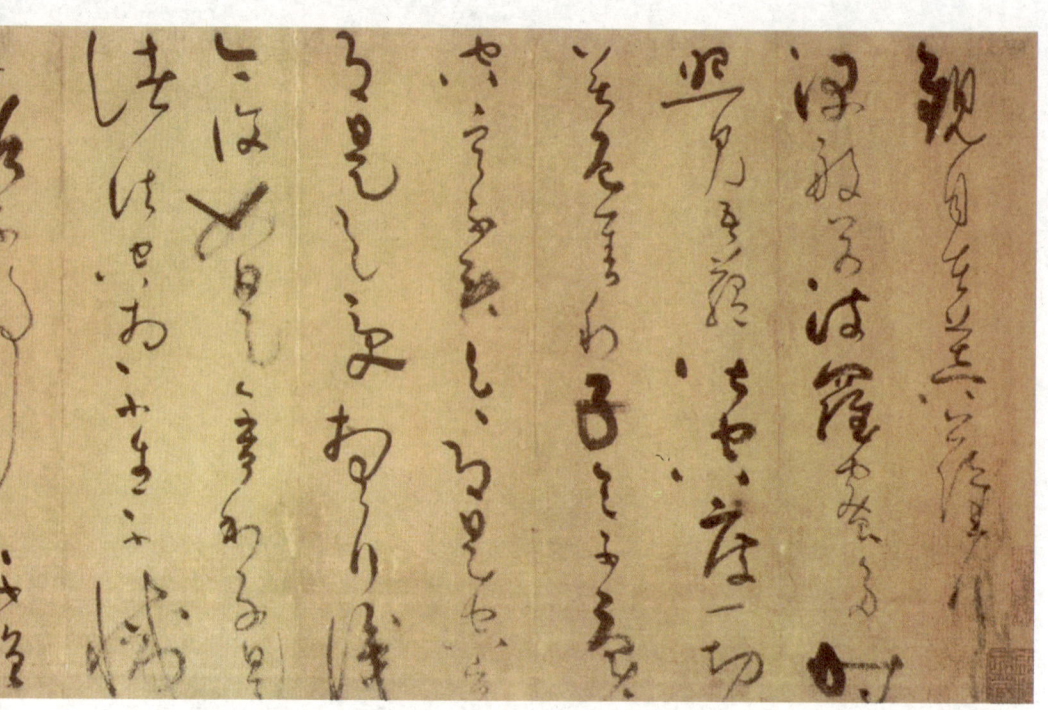

［元］吴镇《心经》（局部）

《心经》，在字体上有很多是相同的，那是他不刻意变化，但是其中也有变化，都是不刻意的变化，这又是另一层次的书法了。

临弘一法师的《心经》，临得发生兴趣，那么就可以从他的李叔同年代临起，他最初写的是魏碑，后来出了家发现棱角过多，才慢慢研究出毫无火气的和尚字来，过程十分之有趣，临多了，味道就出来了。

除了楷书，就是行书了，临完王羲之，继之便可以临赵孟頫的、文徵明的、董其昌的和刘墉的，各人的行书都有变化，皆有自己的风格。

篆书写《心经》的例子并不多，众家的代表作有吴昌硕和邓石如的，我自己临摹众书体之中，发现最有兴趣，最好玩的，还是草书《心经》。

草书已像金文甲骨文，是逐渐消失的字体，当今看得懂草书的人没几个，其实草书架构，临多了便能摸出道理，并不是想象中那么难学的。看懂了草书，进入古人世界的那种行云流水境界，真是飘逸得像个活神仙，舒服得说不出话来。

但是我还是介意太多人不能欣赏，所以我学草书时多选些家传户晓的诗句，另外就是用草书来写《心经》了，凡是学过的人，一看就知道那个句子是什么，写的是什么字。啊，原来可以那么写的！就愈看愈有味道。

以草书写《心经》的历年来有唐朝的张旭和孙过庭，近代的于右任也写过，最好、最美的，是元朝的吴镇。虽说是书法，但简直是一幅山水画。

从前要找出那么多人写的《心经》难如登天，当今已有很多出版社搜集出来，初学者可以买河南美术出版社的《中国历代书法名家写心经放大本系列》，但临帖时想看笔画的始终和重叠，就得愈精美的版本愈好，当今有线装书局出版的《心经大系》，用原本复制高清图印刷，一共收集了十六件，值得购买，可惜收集少了八大山人的行书、皇象的章草，米芾的行书和孙过庭的草书，广西美术出版社的《历代心经书法名品集》中多录了明朝张瑞图行草和沈度的楷书，邓石如的篆书和傅儒的楷书。江西美术出版社的一系列《心经》，也印刷精美，在网上随时买得到，别犹豫了。

[唐]孙过庭《书谱》

[元] 赵孟頫《心经》

般若波羅蜜多心經

觀自在菩薩行深般若波羅蜜多時照見五蘊皆空度一切苦厄舍利子色不異空空不異色色即是空空即是色受想行識亦復如是舍利子是諸法空相不生不滅不垢不淨不增不減是故空中無色無受想行識無眼耳鼻舌身意無色聲香味觸法無眼界乃至無意識界無無明亦無無明盡乃至無老死亦無老死盡無苦集滅道無智亦無得以無所

抄经的喜悦

了解了《心经》大概的意思之后，便可以开始抄经了。

为什么要抄？念念不就行吗？说得也对。但做任何事，注意力集中，总是好事。

念《心经》，总不比抄《心经》来得印象深刻。

我们有了疑问，有了烦恼，求佛，是一个轻松的方向。在念《心经》的过程中，我们得到平静，如果能抄抄经，那更可以像经文中所说："心无罣碍，无罣碍，故无有恐怖，远离一切颠倒梦想。"更是"能除一切苦，真实不虚"了。

抄《心经》应有一个仪式，但很繁复，让和尚僧人去做吧。我们俗人，至少要做到的，是沐沐浴，或最基本的洗干净手。

然后，可能的话，焚一炉香，学会焚香也是一种乐趣。首先找个香炉，里面铺满香炉灰，点着引子，把削得细小的檀香木一根根架成三角形，最后看它慢慢燃烧。

"哗，何必那么大阵仗？"你说。

好，点一根香，总行吧？

在书桌上铺一张纸，最好是有红线分行的那种，不然白纸也行，看

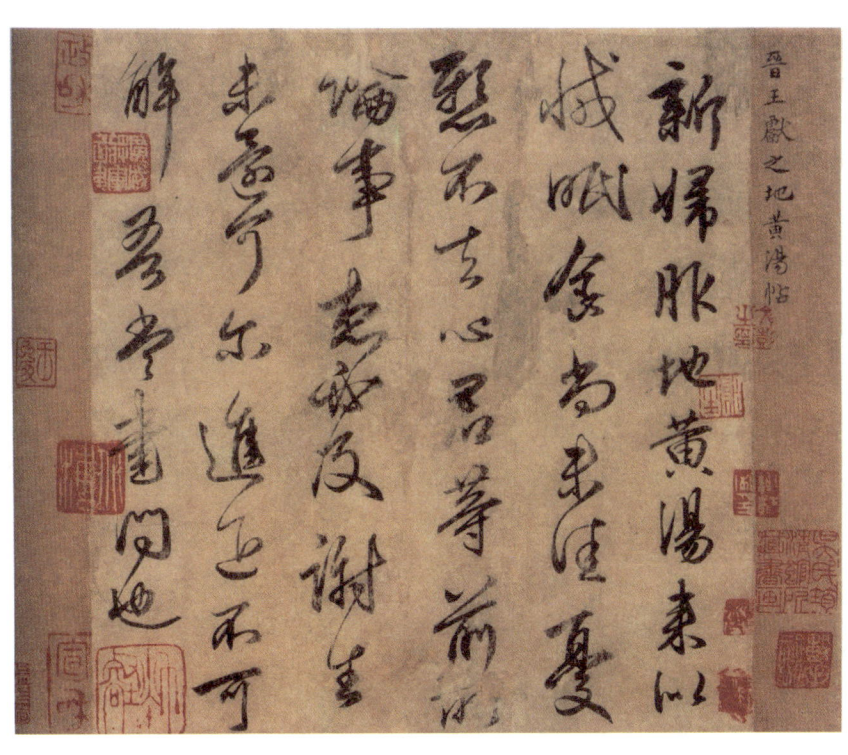

［东晋］王献之《新妇地黄汤帖》（唐人摹本）

着经文，开始抄经。

我的书法和篆刻老师冯康侯先生教导："临帖时，别一个个字照抄，而是一句句照抄。"切记，切记。

用什么工具都行，钢笔也无妨，但最好是毛笔，别怕，它只是一管竹和一撮毛的组合，不是怪兽。我们永远是主人，它是奴隶，如果你会用筷子，就能掌握毛笔。

担心写不好的话，可以把第一句的"观自在菩萨"写完再写，写个五十次，你便知道不是那么难嘛，那么就可以重复再抄第二句的"行深般若波罗密多时"了。

什么字体呢？楷书、行书、隶书或草书？都行。

《心经》是庄严的，我还是建议先用楷书，抄熟之后再用行书也不迟。

临字帖，当然要选最好的古人字迹，书法家从古至今无数，但精华来自老祖宗王羲之，止于苏轼、米芾、黄庭坚和蔡襄的宋朝四家。

王羲之的字可从《集字圣教序》学起，而宋四家的各有名帖，《圣教序》中字形很多，可以找来写《心经》，而其余名家的，可从《宋四家字典》一个个字翻出来。

如果你嫌这一切都太麻烦，那么用你自己的字形去抄好了，不要紧的，只要你肯做。

我自己的抄经过程中，临摹过很多名家的《心经》全文，最后我发现字体最安详只有弘一法师的书法。

弘一法师是丰子恺的老师，原名李叔同，早年留学，是个公子哥儿，演话剧、办文艺活动，临魏碑，书法极美。返国后当老师，又能作曲，留下不少儿歌，最后出家。因为他是位知议分子，对佛教的理解有别于平凡的和尚，我认为阅读他的演讲稿和论文，足矣。

法师晚年的书法，已尽失火气，达到最平静的层次，是真正的和尚字，而书《心经》，有什么好过和尚字呢？

原稿可从《弘一法师全集》中找到，大陆也出版过线装书的精装本，可以买来临摹，最为完美。

学写字，最初要求变化，把《心经》中出现最多的"色""空""无"那几个字，用不同的结构去使用，像"无"字有时写成简写的"旡"，等等。

到了弘一法师的《心经》字体，纯朴可爱，重复就重复，也不必变化了。能领悟这种心态，又更进入深的一层。如果像《心经》上所说："是无上咒，是无等等咒。"那么，弘一法师的书法，是无上书法，是无等等书法。

在一九二三年，弘一法师曾受印光大师的教导："若学经，宜如进士写策，一笔不容苟简，其体必须依正式体。"所以他用的都是楷书，一笔一画皆以缓慢、恭敬的节奏进行。

我们学习弘一法师的书法，必须学习这个精神。用和平的心态来写《心经》时，就可以气定神闲地走入"静"的境界里。

而弘一法师在圆寂之前，最后写的四个字，并不像和尚字，这"悲欣交集"四个字最美，最自然。法师生前喜欢写的一副对联是："自性真清净，诸法无去来。"达到这个境界，他的"悲欣交集"，不必用和尚字，是真性字了。

小屋如漁舟濛濛水雲裏空庖煮寒菜破竈燒濕葦那知是寒食但見烏銜紙君門深九重墳墓在萬里也擬哭途窮死灰吹不起

右黃州寒食二首

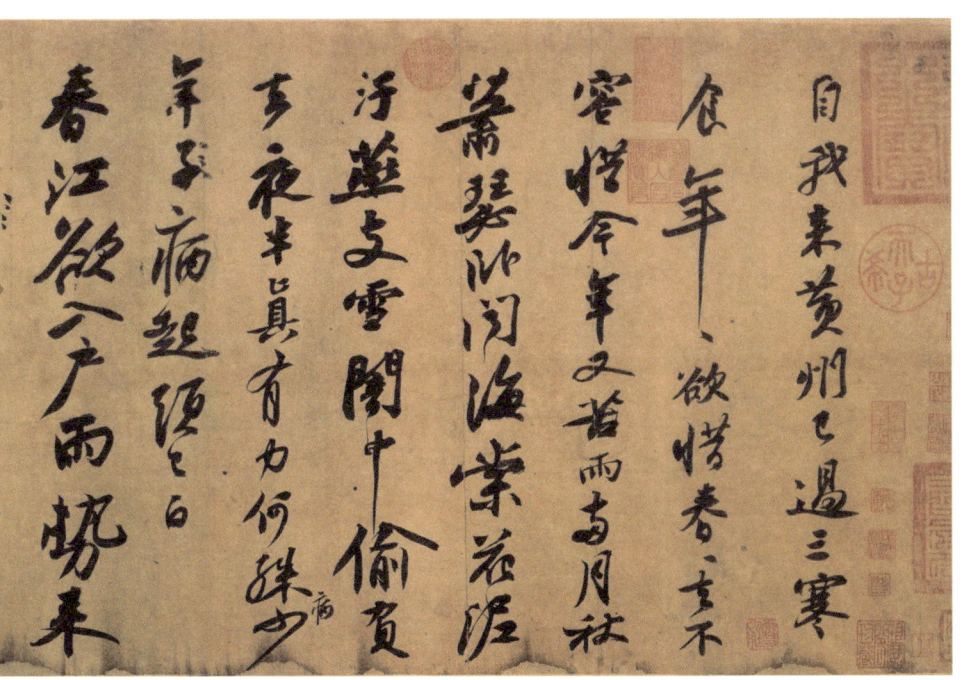

[北宋]苏轼《寒食诗帖》

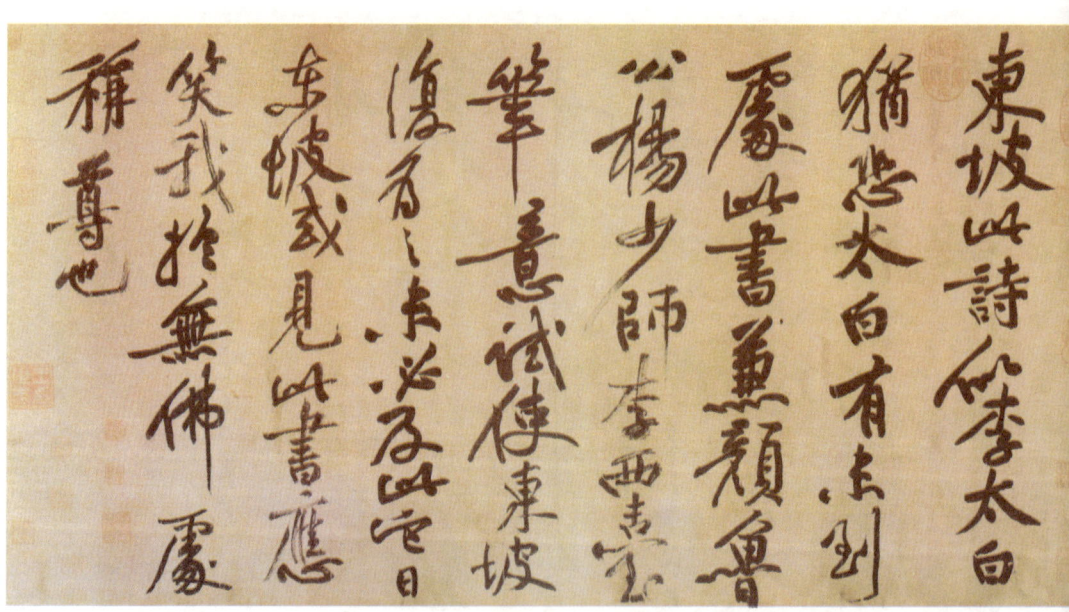

[北宋]黄庭坚《跋苏轼黄州寒食诗》

写经历程

你心烦吗？

吃药没有用，看心理医生更烦。最好的解决方法，莫过于临摹《心经》。

什么？用毛笔？我已经几十年没抓过了。你说。

用什么笔都好，只要坐下来写就行，但是尽可能用毛笔，就算你已疏落了很久，也不要紧。日本有种写经纸，让你铺在《心经》的原文上面，你只要抓着毛笔，一笔一笔临描好了。

写多了，就可以把原文丢掉，用自己的字体去抄。

至于毛笔怎么抓？当今已有一套理论，推翻了从前老师的死教条，你要怎么抓就怎么抓，随你便，没有规定的姿势，你自己觉得舒服就是，这么一说，放心了许多吧？《心经》的真髓在于"心"，先放下。

如果你已经克服了抓毛笔的心理障碍，但又不想照日本人的方法去临，试试我近来写经的过程吧。

第一，要照什么人写的呢？当然是我们最敬仰的高僧弘一法师的书法了，有些人也许认为他的字造作，故意写成什么叫"和尚字"的，但我并不认为如此。弘一法师未出家之前临魏碑，功底很深，又学过宋人黄庭坚的字，写出来的更是潇洒。当了和尚之后选择的字体，只不过是像他学佛一样严谨，一笔一画都恭恭敬敬，一丝不苟地写出来的成果。

所以要临《心经》，最好是用弘一法师的字去练。

但是弘一法师写过的《心经》原稿不知在何方，复制的印刷品中，字体很小，看不出用笔，只得一个形罢了，但照此摹之，亦无妨。

我较苛刻，从法师写过的各种大字经文，和一些嘉言集联中，一个字一个字影印出来放大或缩小，集字贴在一张纸上，过程令我想起集王羲之的《圣教序》。

好了，弘一法师写的《心经》，每行十个字，一共有二十六行，加上《般若波罗密多心经》的题目，是二十七行。

临摹弘一法师《心经》，我起初计算每行字数，以及有多少行，然后再用红笔画格子，过程甚为繁复，未书《心经》之前，已气馁。

有一天，到上环的文联庄去，看到有一张给人铺在纸下面的薄棉被，竟然印着"写经用"三个字，原来格子已被打好，每行十格，一共有三十七行，让书经者在前后有空位题字或书经日期，以及回向给谁，等等。我只要用一张普通大小的宣纸，将它折半，切开，铺在这张画了格子的被单上，就能即刻临摹了。

《心经》版本，在许多大陆和日本人中，都将最基本的"般若波罗密多"之中的"密"字，写为"蜜"。一看字形，联想至"虫"，或者"糖"来，对原文甚为不敬，既然这只是梵语的音译，为什么不作"密"呢？有神秘、保密的字义，是更贴切的，非常同意弘一法师的用法。

视人之恶犹己之恶视己之恶犹人之恶猛省力除无令愧怍法界众生三毒除彼我同归无上觉

丁丑四月沙门一音

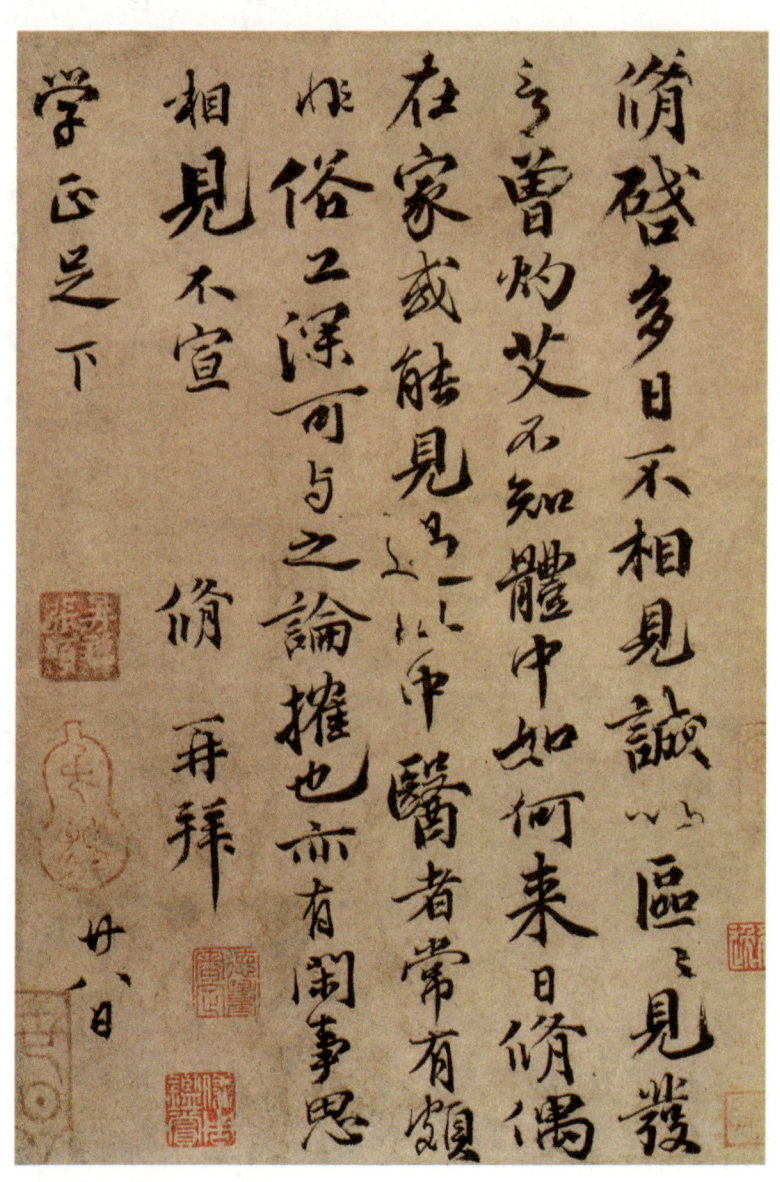

[北宋] 欧阳修《灼艾帖》

也有人批评弘一法师所写的《心经》，在字体上没有什么变化。临多了才知道每一个同样的字都各异。但是，这已是小节，变化与否，不要紧。有变化亦可，无变化亦可。

最能解释得清楚的，莫过于弘一法师自己说的："朽人写字时，于常人所注意之字画、笔法、笔力、种类，乃至某碑、某帖之源，皆一致摒除，决不用心揣摩，故朽人所写之字，应作一张图案视之，即可矣。"

我们在还没有功力将书法写成一幅图案之前，先不必管重复不重复，尽量去临摹即行，如果再那么用心良苦，又是心烦的问题了。

一放开，临弘一法师书法也行，临日本老和尚的字也行。篆、隶、草、行、楷，都不要紧了。

当然，在中国书法家的《心经》中，我们还是可以学到许多字体上的变化。《集字圣教序》后面，怀仁和尚同时集了王羲之写的《心经》行书，也是十分珍贵，非常值得临摹的作品。

于贞观九年（公元六三五年）再将书法家欧阳询的字集起来刻成的楷书《心经》，也是典范。

清末刘墉的行书《心经》写得随意，邓石如写的篆书《心经》，也是我临摹的对象。

全文二百六十字的《心经》，内容你看得懂与否，也并不重要，只要念念、抄抄，心自然清了。

日本人的习惯，将《心经》分为十七八字一行，一共十六行，他们的写经纸也大多数用这种规格去订，如果有兴趣买来用用亦无妨。书完

《心经》,已知心无罣碍了,没有什么中国人和日本人的分别,大家都抄同一种《心经》,格式相异,又如何?

等到把抄经的基础打好,就可以玩了。

怎么一个玩法?

在扇面上写着"槃"两个大字呀!要不然,在横匾上写写"三藐三菩提",亦甚飘逸。

但是,抄《心经》的最大好处,是在家人和朋友有病难,自己感到无奈时,写来回向给他们,这是真正的"以表心意"了。

抄经的领悟

认识一个尼姑,叫濑户内寂听。

这位名人很有趣,言论不高深,求她给意见的人,当她是一个心理医生多过一个师姑。我单刀直入地问:"每一样菜都要试,你能吃肉吗?"

"佛经中也没有说过不能吃肉,人家布施,有什么吃什么,但是不可杀生。"她回答。

"这有什么分别?"

"想通了,就有分别。"她说。

她主持的庙叫"寂庵",每月有一次说经,信者很多,都喜欢听她的讲解。我答应过带团友们去京都抄经,想起了她,打了电话去。

"欢迎欢迎。"她说,"你们到的那天我不在,但尽量安排大家到庙里来抄经。"

过了几天,她又来电:"我已经推掉约会,在庙里等你。"

抄经的过程只是把一张纸铺在《心经》上面,用毛笔临摹,但要坐在榻榻米上。二百六十六个字很快抄完,如果能忍,将会得到一片宁静。

关于《心经》，濑户内寂听曾经说过："我出家三十四年了，也只学会《心经》（笑），其他经太长，又难记，我受不了。"

"你到底领悟了什么？"我再问。

"那个色即是空的'空'字，是'有'的相反；意识了物质的存在，就是'有'，没有那种意识，就是'空'。举个例子，我在写稿时，工作人员拿了一杯茶给我，我一点也没注意到，后来写完了，忽然看见面前有一杯茶，那就是'有'。以此类推，我们不去注重人间的生老病死和爱别苦离，那就是'空'了。'空'，是一件值得学习的事。"她说。

这回带大家去抄经，除了她的解释之外，我还会用我自己了解的一套，尽量给各位讲解，虽没她的高明，但至少是广东话。

写经之旅

从赤鱲角飞大阪关西机场只要三小时,再直接乘一个半小时的车就到京都了。

我们这次是来抄经的,一群人浩浩荡荡迫不及待,但我还是要大家先吃顿好的,睡一晚,翌日去。我一向抄经都在早上,这习惯改不了。

第二天,我们来到岚山,因为路窄,要步行十多分钟之后才能到目的地"寂庵"。

"为什么抄经一定要跑到日本来?"有一位团友终于忍不住问。

"什么地方都可以,这里吃住都好,借故来的。"我笑着回答。

"京都那么多大庙,为什么要选这家小庵堂?"

"随意一点嘛。"我说:"庵的住持濑户内寂听是我的老友。"

"寂听是她的名字吗?"团友又问:"为什么取个寂字?因为寂寞?"

"照她的解释,寂字可作静。我们就静静地听她讲经吧。"

再也没其他问题,我们继续往前走。

从前只是一块农地,濑户内这位大尼只手空拳买了下来,按照自己的意思,一草一木地建起这个幽静的庵堂来。

门口很小,挂着的用毛笔字写的"寂庵"两个字,已被风雨冲淡了墨汁,另有个大竹筒,筒上开了个口,写着"投句箱"三个字,用来让施主们留言,也代替了普通的邮箱。

走进院子,种满了树,可怜的小白花开放,一点一点。

花下有很多地藏石像,日本人供奉的都不是留胡子的土地公,而是每一个都像儿童。有些包了一块红巾,像家庭主妇入厨时的围裙,不知有何典故,下次遇到友人再问个清楚。

另有一块巨石,刻着用抽象字体写的"寂"字,那么多个"寂"字,整个环境的气氛,产了一种非常幽静的感觉,令人安详。

再走前就是庵堂,而住持的住宅建在另一边。

"真是不巧。"濑户内寂听的秘书长尾玲子一见到我就说:"老师昨天晚上跌了一跤,肋骨断了。"

团友们听了失望,我说:"古人访友,有时过门不入。"

"您讲话还是那么有意思。"玲子说,"老师一直多么希望能见到您,从上次《料理的铁人》节目中遇到您之后,我们时常提起。"

"那时候你也在吗?"我已经不记得了。

她微笑点头:"请进,请进。"

庵堂之中,前面摆着佛像,堂内已有数十张小桌,透过白纸可以看到下面铺满心经,我们逐字临摹即可。

砚箱中还有一块砚、一条墨、一个盛水的小碟、一枝舀水的小匙,日人叫为"水差",另有二管毛笔和一块笔置以及两个文镇。

"写好了,请将砚和笔在后院洗干净,放回箱中好了。"玲子叮咛。

香炉中的烟飘过来，我们可以开始了。

团友们看着毛笔，又望见没有桌椅的榻榻米，一阵疑团，心里一定在说："几十年没碰过毛笔，怎么写？又要坐着写，膝腿受得了吗？"

我说："脚酸了，起来走走，中间停下，也不会像学校里给先生骂的。"

众人笑了，放松了一点，我又接着说："毛笔，只是一种工具，我们一抓，等于是手指的延长，不必怕。这是我的书法老师冯康侯先生教我的。"

大家更安心了一点。

"能写多少字是多少字，多少行是多少行，经文的内容不必明白，如果不懂又想知道，等写完我再解释。"

先滴水，再磨墨，我们举起笔来，一字字抄。

寂听人不在，但她的文章曾经写过："无心抄，也能把心安稳，任何苦难，任何悲哀，一概忘怀，这就是写经的无量功德了。"

大家一起抄经，一字字用毛笔描，其中也有些写惯经的，但也因盘膝而不舒服，不过大家动也不动，把一页经书抄完。

"有点不可思议。"团友说："我以为一定忍不住要站起来的。"

我走到各人面前看，有些笔画幼稚，有些纯熟，俨如书法家，其中一位刘先生写得最好。我说："有什么要问的吗？"

大家都摇摇头："今后慢慢体会好了。"

"有什么共同的感受？"

"舒服。"大家回答。

本来庵里也设了一个小卖部，今天不开了，看宣传单张，有好几种。

"和颜施"是挂墙日历。什么叫和颜施？寂听说："是一直微笑的脸孔。布施并不一定用金钱，人类的表情之中，微笑最美了，遇到人便微笑，就是另外的一种布施。"

挂历印着寂听名言，也有每日一句的案头日历出售，印着旧历、二十四节气和一年中的自然现象，像"今日牡丹花开"等。

最值得购买的是寂听的"微笑日记"，和别的不同，没有年份。

不但没年份，月、日都是空着的，另有空格让人填上：一、起床和就寝的时刻，让人知道睡眠时间充不充足；二、今日早、中、晚饭，让记录吃的东西平不平均；三、早、中、晚的服药；四、今日走的步数。

最重要的是有一个叫"微笑的种子"栏目，寂听问："你开心吗？你快乐吗？你感恩吗？觉得其中之一，就要记下来，这是你微笑的种子。"

她并不赞成每天都要记日记，她说："想记就记，不必勉强自己，另外，一有快乐的，就要填入微笑的种子栏内，遇不愉快的日子，便翻阅。你能记得过往有那么多开心事，心情自然安详了下来。微笑的种子，开花了。"

"我看不懂日文，请你把寂听的名言翻来听听。"有位团友要求。

试译如次：

爱有两种姿态：渴爱和慈悲。想独占对方，又嫉妒又执着的是渴爱。慈悲是没有要求回报的爱，没有条件的爱。释迦叫人别爱，是要人戒渴爱。

旅行和爱，有相似的地方。喜欢旅行的人，都是诗人。

旅行和死，又有相通之处，出门后不回来，是诗人才能了解的情怀。

孤独又寂寞时，旅行去吧！旅行能把寂寞的心灵和疲倦的身躯轻轻抱起。

在不同环境下，不同心情之中，我们有交友的缘分，这是天赐给我们的，旅行去吧！

今天是一个好日子，明天也是一个好日子。一起身就那么想好了。

一旦有什么不愉快的事发生了，就说：咦，弄错了吧？

这么想就对了，开朗的人，不幸的事是不会发生在你身边的。

穿华丽的衣服能够让你心情开朗，穿灰暗的衣服心情就沉了下来。

所以我越来越爱漂亮的颜色，偶尔也施点脂粉，这并不犯戒。

近来的年轻人知道过圣诞节送礼物，过情人节又送礼物；他们不知道有布施这回事。布施，是送给佛的礼物。

我年纪越大，越感觉到自己身上的血就是父亲的血留下来的。我倒酒给别人喝的时候，瓶口和杯子的角度、距离和手势，和父亲像得不得了，令我想到在父亲生前，为什么不对他好一点。

任何悲哀和苦难，岁月必能疗伤，所以有"日子是草药"这句古话，只有时间，是绝对的妙药。

抄经和读经，不是一张进入幸福的门票。不期待回报的写经，才是一种真正的信仰。

宁静是《心经》的礼物，珍之珍之

我一直强调人生只有吃吃喝喝，这当然是开开玩笑；其实，心灵的慰藉是很重要。

经常鼓励年轻人多看书，多旅行，这都是精神粮食，这是年老后的本钱，可以用来回忆。

有一本叫《死前必游的一千个地方》，京都是其中之一，但看它的介绍，不过是跑跑"金阁寺"而已，从来不提三岛由纪夫有一本书以它为背景，话说一青年看那么美的庙看到发痴，最后要放火把它烧掉的故事。

京都的吃吃喝喝不是每一个外国人都能欣赏，最著名的餐厅叫"吉兆"，但奉上的怀石料理有些人会说好看不好吃，而且吃不饱。我们这回去，做个折中，在"吉兆"吃牛肉锄烧，相信团友们会满意。

在庙边吃豆腐，颇有禅意，但上桌时一看，只是一个砂锅，下面生着火，砂锅底铺着一片昆布，昆布上有几块豆腐，让汤慢慢滚，滚出海带味和豆腐一块吃，就此而已，第一次尝试的人一定呱呱大叫。吃豆腐也得来个豆腐大餐，至少有七八品不同的吃法才不会闷，但也不能贪心，要是点过十品，之后有几个月不敢去碰。

我们在京都，其他大餐还有黑豚锅和京都式的中华料理，和一般的有很大的分别。但京都人始终注重穿不注重吃，两天之后还是移师到大阪，去有马温泉浸个饱，到神户去吃最好的三田牛，返港之前再来一顿丰盛的螃蟹宴。

我们也会到京都的艺伎街散散步，买些吸油的化妆纸，再到一条充满食物的街道，让大家带些干货当手信。

此行最少可有抄经经验的收获，《心经》不必每句都懂，先入门，先记一记，今后慢慢了解体会。回来照庙里的方法抄经，能抄多少句是多少句，不必急着抄完。这时你会发现一切烦恼扫空，那种宁静，是《心经》送给你的第一份礼物。珍之珍之。

石斋

书画文具店，标青的有上环的"文联庄"和油麻地的"石斋"。老板黄博铮先生，本身是一个书法家，与同好共创"甲子书法社"，一周一次在店里雅集，也教学生。

做这一行的，本身不爱好艺术不行，黄先生说："市场很狭窄，没什么人肯干。"

我就是喜欢光顾这种"没什么人肯干"的铺子。"石斋"中各种文具齐全，单单宣纸就有上百种选择，我最爱用的是"仿古宣"。

字画收藏一久，白色或米黄色的纸，便会变成浅褐色或淡绿色。后者的颜色最美，看起来非常舒服，那种绿绿得可爱，像新摘的龙井。闻起来还有种香味，真个名副其实的古色古香。当今写字，不可能有这种效果，只有用"仿古宣"了。色彩一样，但没有香味，也只好接受。

店里也替客人接刻印的单。不收费用，直接让顾客和名篆刻家接触。我的大师兄孔平孙先生也帮人家刻，小师兄禤绍灿本来也在"石斋"挂作品，但近年来积极教拳，篆刻方面少去碰。古人说做才子有二十种条件，琴棋书画后还有个"拳"字，绍灿师兄是真正的才子，我只是二十分之一才子。

这个年代,还有什么人对书画有兴趣呢?老板黄先生说:"主要客路是一些中产阶级,公务员和老师居多。他们收入稳定,空余时间控制得住,就会学字画了。但是近年来铁饭碗也打破了,客人又减少。"

"我们这一辈,也给父亲骂不学无术。"我说,"我相信青出于蓝,总有人肯学。"

"是的,"黄先生说,"有一技之长,至少老了可以摆摆摊写挥春,不必去当看更。"

好同学

"我的字写得很丑,您教我书法好吗?"弟子问。

"单单觉得字难看,而要学书法,是不够的。所谓书法,是一种艺术,要渐渐觉得很喜欢,到最后入迷,才来学也不迟。我是从四十岁学起,现在才有点像样,你有大把时间先学你更喜欢的东西。"

"如果我马上想学,有什么方法?"

"像我老师冯康侯先生教我,从行书学起,选王羲之的《集圣教序》临摹。"

"为什么别的帖不行?为什么不临楷书而临行书?"

"《集圣教序》中的字数多,可以学到各种变化,行书写起来比楷书方便,最实用。"

"可以把我的字变美吗?"

"绝对能够令你的字脱胎换骨,我以前的字简直是鬼画符。所有的艺术,都要先下一番苦功,没有乘直升机达到目的的。中国的艺术,讲究拜师。有人指导,可以教你一条快捷方式,不必走冤枉路,也不会教你学粗俗低级的字帖,那会学坏人的。你写几个字给我看看。"

徒儿抓起毛笔,写了东南西北。我说:"唔,还可以。"

"从几个字就能看一个人来吗?"

"当然。有些人鼠尾拖得很长,说什么也教不好。"

"你真的是一个好老师。"

"形式上我是你的老师,精神上我不要做你的老师。"

弟子不解。

"我的老师说:'我只告诉你,要向什么什么人学,我也是向这些人学的。你学他们,我也学他们,那么,我们已经没有师徒之分。我不要做你的好老师,我要做你的好同学。'"

救命记

在嘉禾电影工作时，同事兼老友的区丁平，是美术指导出身，后来晋身导演，对建筑甚有研究。他时常告诉我："千万别买顶楼的房子，我们都向往有个天台，但一住下就发现不断漏水，手尾很长。"

我没听他劝告，购入了公寓最高一层，果然深受其害。最初搬进去已经把整个天台翻开，拆除所有瓷砖，做好一切防水工程，俨如新建。咦，一到夏天大雨，水即透了进来。

请装修人员来看，说得重新来过，花了几十万修好，第二年，又漏水。

这回请一位专家，再花一笔巨款，在天台上用玻璃塑料建了一个大盆子，像个游水池，一劳永逸。

家中杂物甚多。书籍已尽量丢弃，凡是能在书店中买到的都不藏了，剩下的只是随时要用到的参考书。其他在旅行时买下的东西，用纸箱封着，写上日期，过了数年也不去想到的，也都送人。

唯一收藏好些字画，尤其是四幅印章的原钤，出自老师冯康侯先生的手笔。老人家一生刻印七十年，至少有上万个，说自己喜欢的寥寥可数，就亲自钤后襄好，装入酸枝玻璃架内，挂在他的书斋。

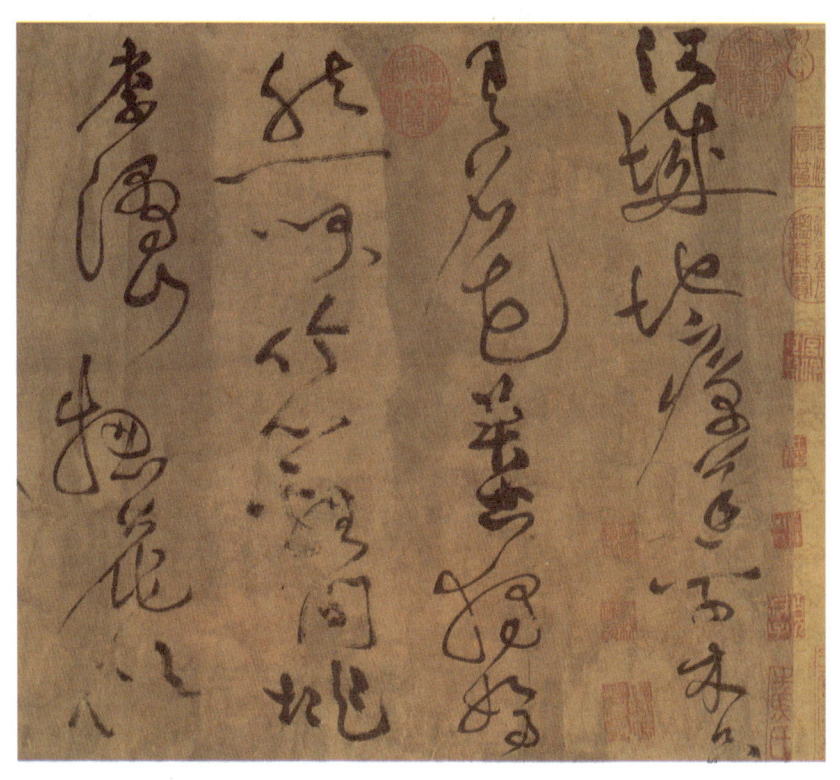

[北宋]黄庭坚《临苏轼海棠诗》(局部)

晚年只收襟绍灿和我两个学生。我们不贪心，不敢向老人家要任何墨宝。老师于一九八三年逝世，他儿子有一天忽然来电问我要不要那四幅印谱，可以出让，我喜出望外买下，一直挂在墙上。见到它们，灯下上课的情景就浮现。

前一阵子有个老师的纪念展览，我把这四幅印谱大方地借出，因为这代表他一生作品，少了失色。还回来后一下大意，让菲律宾家政财理放进了贮藏室，今天打开一看，整间房子都透满了水。

大惊，第一个想到的就是那四幅印谱。打开封套，被水浸湿已久，有一半已发了霉，充满黑点！如果是人的话，等于躺在血中。

哇！我大叫，心痛如焚，即刻想到把那装修佬抓来斩几刀。二话不说，我把它们抱起，冲到楼下，叫司机飞车过海，送到医院。

所谓的医院，就是上环永吉街的文联庄了，只有找到那家人的裱画师傅，才知道这四幅印谱的命运。

［北宋］赵佶《秾芳诗帖》

    皇后大道中上不能停车，我命令司机，罚款也不要紧，把车子半路摆下，司机扛头我抬尾，十万火急将四幅东西送进二楼的店里。

    "有救吗？有救吗？"我一看到文联庄的李先生就大声叫问。

    李先生观察一轮，有如院长，然后慢慢点头。

    "能有多少成像新的？"我又叫。

    "八成。"

    "不！"我悲鸣，"你一定要再想办法！"

    "尽人事吧，"李先生答应，"希望做到九成。"

    我整个人到现在才放松下来，腿一软，差点摔倒。护士们，不，是店员们拿了椅子我坐下。

    李先生开始欣赏老师的作品，这四幅原铃用的宣纸，上面有红色的格子，以原子笔打出，他记得还是老师托他间格出来的。上面的印章，他也能一个个如数家珍地说出它们的出处，是为什么什么人刻的。我决意在救起印谱后，用毛笔记录下来，裱好镶架，放在四幅的旁边。

心情还是不能平复。这时店员拿出画册，要我写几个字送给他们。

"写些什么？"我脑子一片空白。

"豪放一点的。"他们说。

忽然想到，现在有一杯在手，该是多好！酒瘾大作，提起笔来，书了"醉他三十六万场"。

"一年三百六十五天，十年三千六，百年三万六。醉个千年，好，好！"李先生说。

其他店员也纷纷拿了画册要我题字，反正手已沾墨，就写个兴起，先来个"逍遥"二字。

另一页，题了"自在"。

店中来了两位客人，男的洋人来自多伦多，热爱中国文化，喜书法；女的是中国人，也有同好，时常光顾文联庄，今天刚好碰上，也在店中买了写对联的宣纸，要我替他们题字。也好，来个大赠送。

记得家父在世时，访问过冯老师，老师高兴，知道母亲爱喝白兰地，写了一个对子赠送我的双亲，对曰：

万事不如杯在手，
百年长与酒为徒。

学老师，替这对客人写上了，其他人看见我题对联，也都要求。想起家里还有一对弘一法师的，对曰：

自性真清净，
诸法无去来。

临摹了法师的和尚字体乐书之。
那位外国朋友不够喉，要我题诗，我将老家壁上题着的绝句写上：

锦衣玉带雪中眠，醉后诗魂欲上天。
十二万年无此乐，大呼前辈李青莲。

"李青莲是谁？"他问。
"李白的外号。"我回答。
"到底什么叫书法？"他问，"要怎么才把字写得好？"
我说："字写得好不好没关系，你没看到我气冲冲地跑进来，现在心平气和？这就是书法了。"

般若波羅蜜多心経

沙門玄奘奉　詔譯

觀自在菩薩行深般若波
羅蜜多時照見五蘊皆空
度一切苦厄舍利子色不
異空空不異色色即是空

PART 3

不当书法家，只做爱好者

~~~~~

书法，是一件能让人身心舒畅的事，写呀写，写出愉悦，写出兴趣来，多看名帖，你会有交不完的朋友。

书法的乐趣

二〇一八年,我又在青岛举行第三个书法展,地点在青岛城市艺术馆。

这次当然也有苏美璐的插图原画衬托,才能出色,我们两人的作品已一同走过三十多年,可以说得上是形影不离。如果以世俗说上收藏价值,那么她的绘画远比我的书法高。

为什么要开书法展?好玩嘛。过程中会认识许多有趣的人物,今人古人,这个字为什么他可以写得这么美?难吗?当然不容易,也不是不可能学得几分像样的。

熟能生巧四个字是条康庄大道。不迟不迟,我四十岁之前的字,用我爸爸的话,是鬼画符,各位拿起笔吧,一定会写得比我好。

我想讲的是:书法不一定是闷,乐趣是无穷的,有很多人一直往古板大道理去钻,那就枯燥无比了。我拿起笔来,第一次写的就是"别管我",从此我要做什么就是什么了,没有人管得了我做些什么。我已经进入我自己的世界,我自由了。

上两次在北京和香港的荣宝斋展出所以会成功,都因为我不说教,在内容上我尽量放松,甚至俚语也搬了出来,来参观的,觉得我像是一

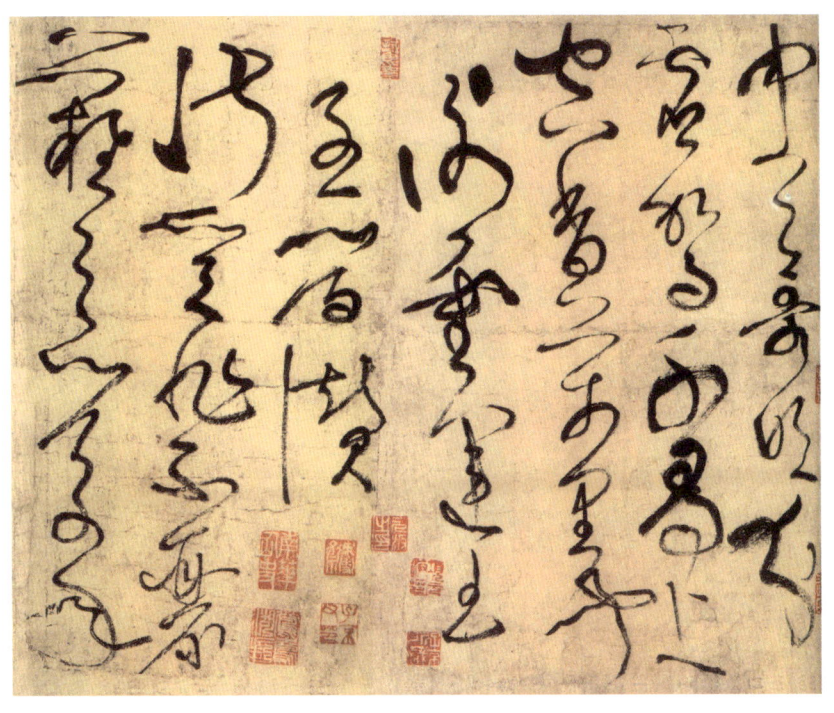

［唐］张旭《古诗四帖》（局部）

个"人"。

通过互联网和社交平台，如果你不能够来到青岛也不要紧，我会将每一幅展出的字陆续用新科技发表，如果你看到喜欢的，就可以在计算机上认购了。会寄失吗？有根据的话，我重写给你就是。

也可以为各位题上上款的，什么先生雅属等字眼，不另收费用，而展览的目的在于多卖，任何方法都行，何必忌讳？

我老师冯康侯先生也曾经告诉过我："别以为这是一件什么清高的事，我开书法展时，遇到什么俗人，也照样把内容解释一下。"

这教训得好，为什么要解释，不如把字写得易懂一点，将字句写得亲切一点，近人性一点，但也不必讨好买者而委屈自己，不会写上祝您荣华富贵等字眼。

第一个展览名叫"草草不工"，那是我最喜欢的四个字，的确是草草，的确是不工。第二个题为"可悬酒肆"，就是因为我的字有很多餐厅想要，也托福这群餐厅老板，字的价钱才能愈来愈高，实在感谢他们。展品中也有些投其所好的，像"一粒米中藏世界，半边锅里煮乾坤""世间浮云何足问，不如高卧且加餐"，等等。

这一次的"还我青春火样红"，是我喜欢的句子，出自臧克家的诗"自沐朝晖意蓊茏，休凭白发便呼翁。狂来欲碎玻璃镜，还我青春火样红。"

我不爱新诗，它根本就是切断了的散文，这首旧诗体的，平易近人，非常欣赏。

至于展出内容，也和以往的一样嬉笑怒骂。有些我喜欢的句子，像"趁早做完悔不当初事""今晚我要笑着睡觉""活得一天比一天更好""何必活得那么辛苦""仰天大笑出门去",等等,希望各位也爱看。

每次去青岛,马琪一定从青岛啤酒厂买了两大袋原味啤酒给我喝,相信我,是不同的,是好喝到极点的,是喝了忘不了的。

力不漸乃可此一舟不
海三日不海蝗之自山
東羊在獎邑境未過
走不漂寇所岳圖不
立宣兵考多之此
手何一甘食棄漢為
古宁王一動未言多馨
没言就也便中声私等
菖灵德怀阁

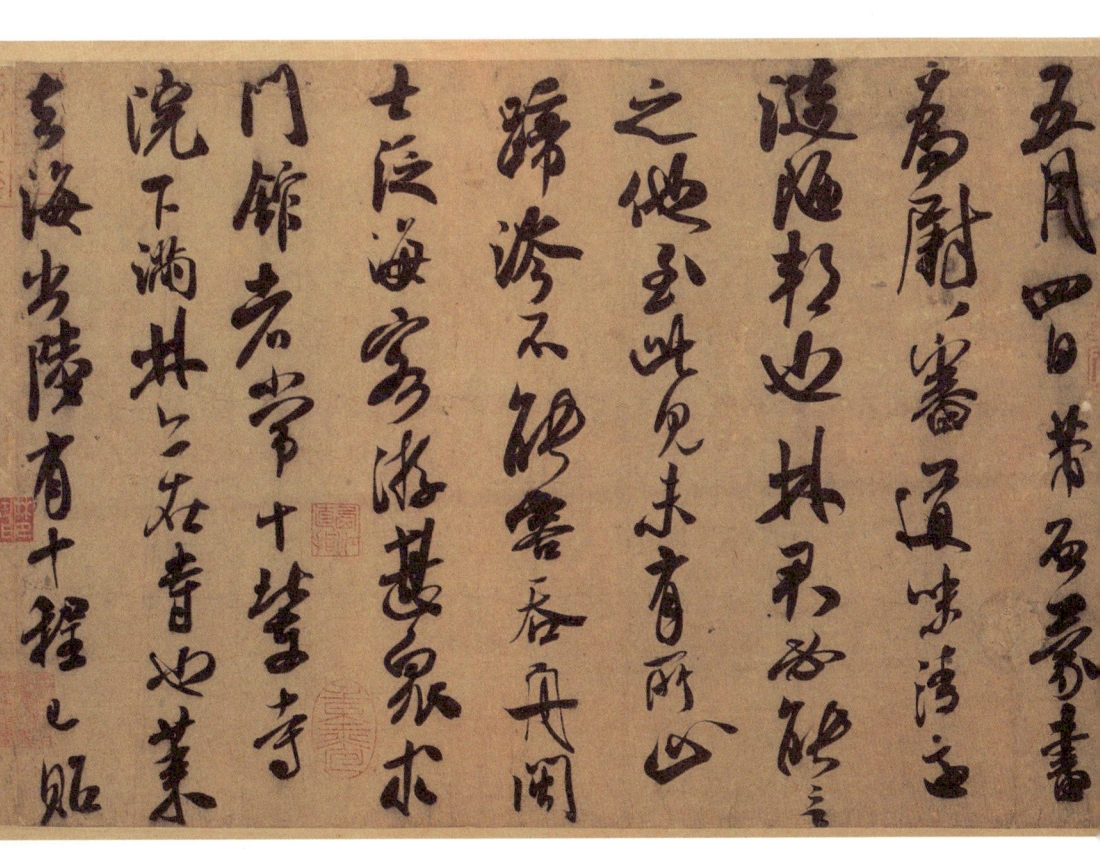

[北宋]米芾《蜀素帖》

上侶魚蝦而友麋鹿駕一葉之扁舟舉匏樽以相屬寄蜉蝣於天地渺滄海之一粟哀吾生之須臾羨長江之無窮挾飛仙以遨遊抱明月而長終知不可乎驟得託遺響於悲風蘇子曰客亦知夫水與月乎逝者如斯而未嘗往也盈虛者如彼而卒莫消長也蓋將自其變者而觀之則天地曾不能以一瞬自其不變者而觀之則物與我皆無盡也而又何羨乎且夫天地之間物各有主苟非吾之所有雖一毫而莫取惟江上之清風與山間之明月耳得之而為聲目遇之而成色取之无禁用之不竭是造物者之無盡藏也而吾與子之所共食藏也而吾與子之所共喜而嚊洗盞更酌肴核既盡杯盤狼籍相與枕藉乎舟中不知東方之既白

[元] 赵孟頫《赤壁赋》

书法是让人身心舒畅的事

对荣宝斋的印象,来自儿时家中的木版水印画,与真迹毫无分别,另外家父藏的许多信笺,都是齐白石为荣宝斋画完印出,精美万分。

首回踏足北京,第一件事就是到琉璃厂的荣宝斋参观,感到非常之亲切,像回到家里一样。从此去了北京无数次,一有空闲,必访。有一年适逢冬天,在荣宝斋外面看到一位老人卖煨地瓜,皮漏出蜜来,即要了一个,甜到现在还忘不了。

家里许多文具,都在荣宝斋购买,尤其是印泥,荣宝斋的鲜红,是其他地方找不到的。当然还有笔墨、宣纸,等等,每到一次,必一大箱一大箱买回来。

荣宝斋最著名的,还是它的木版水印,我参观过整个过程,惊叹其工艺之精致,巅峰的《韩熙载夜宴图》,用了一千六百六十七套木版,花了八年功夫,前后长达二十年才完成,是名副其实的"次真品"。

我的书法老师冯康侯先生曾经说过:"与其花巨款去买一些次等的真迹,不如欣赏博物馆收藏的真迹印刷出来的木版水印。"

与荣宝斋有缘,当谭京、李春林和钟经武先生提出可以为我开一个书法展时,我觉得是无上的光荣,原意是和苏美璐一起去的,但她忧虑

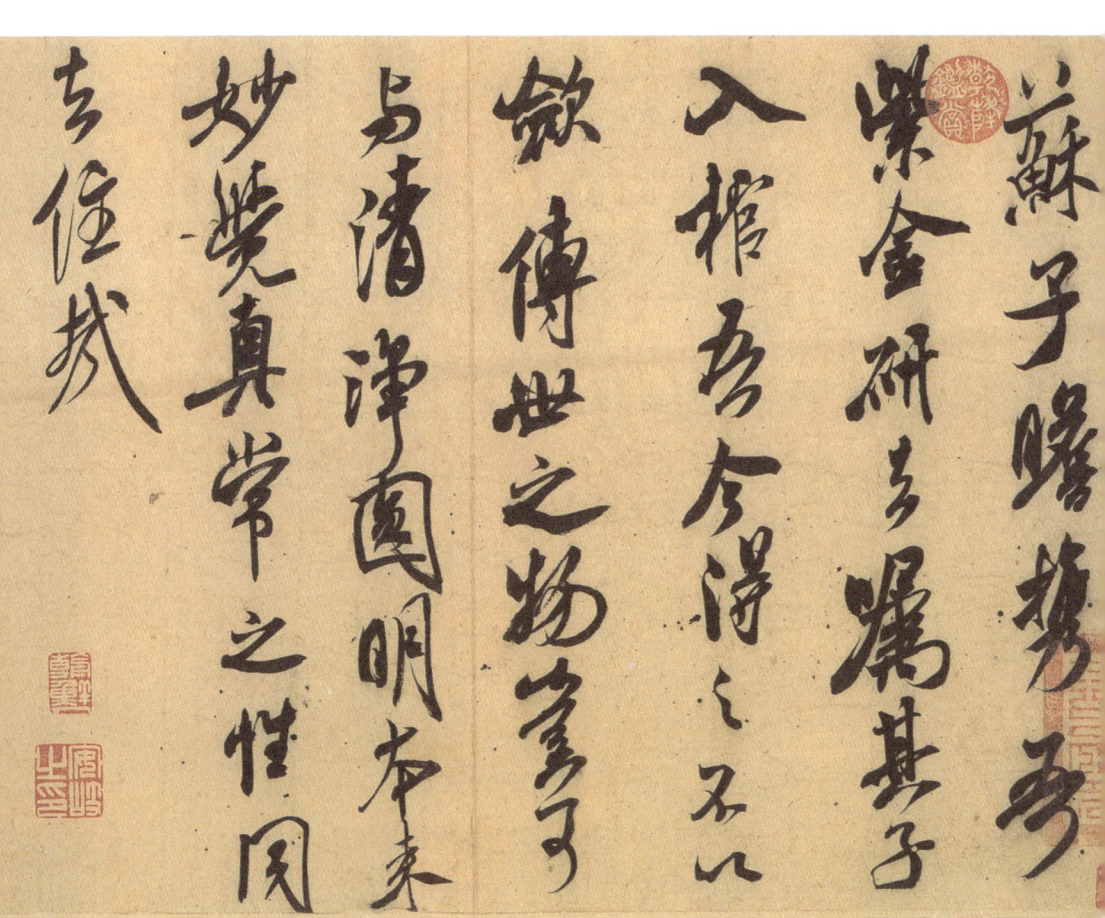

[北宋]米芾《紫金研帖》

北京的空气，最后还是由我一个人献丑！

说好六十幅，我还是只写了五十幅，留了十幅让苏美璐展出她的插图，至于展览的题名，我始终认为"书法"二字对我来说，是沾不上边的，平时练的多数是行书和草书，最后决定用《蔡澜行草暨苏美璐插图展》。

之前，我与荣宝斋合作过，用木版水印印了我写的"用心"二字，卖得甚好，这回也同样地印小幅的《心经》和一些原钤的印谱，出让给有心人。

画展和书法展是我经常去看的项目，我时常构想，要是自己来办，会是怎么样？第一，看别人的，如果喜欢，多数觉得价钱太贵，一贵，就有了距离。基于此，木版水印是一个办法，喜欢的话，捧一幅回去，是大家负担得起的。但木版水印制作过程繁复，亦不算便宜，好在我的商业拍档刘绚强先生是开印刷厂的，拥有最先进最精美的印刷机，每一部都有一个小房间那么大，刘先生替我印一些行草出来，价钱更为低廉。

书法展期间，荣宝斋要我办一场公开演讲，这也好，荣宝斋有自己的讲堂，不必跑到其他地方，主办方要我确认演讲的内容。我一向都不做准备，勉为其难，就把讲题定为《冯康侯老师教导的书法与篆刻》。对方又说要一个简单的，我回答一向没有这种准备，到时听众想听什么就讲什么吧。

多年来勤练行书和草书，要说心得，也没什么心得，不过冯康侯老师教的都是很正确的基本，我就当成一个演绎者，把老师说的原原本本搬出来，应该不会误人子弟。

当今，学书法好像一件很沉重、很遥远的事，我主要讲的是，不要被书法这两个字吓倒，有兴趣就容易了。没有心理负担，学起来更得心应手。做学问，不必有什么使命感和责任感。书法，是一件能让人身心舒畅的事，写呀写，写出愉悦，写出兴趣来，多看名帖，那么，你会有交不完的朋友，虽然都是古人，像冯康侯先生说的："我向古人学，你也向古人学，那么，我们不是老师和学生，我们是同学。"

书法展中展出我多幅草书。草书少人写，道理很简单，因为看不懂，我最初也看不懂，后来慢慢摸索，就摸出一些道理来。

我选的草书内容，都是一些大家熟悉的，像《心经》，各位可能都背得出来，用草书一写，大家看了，啊，原来这个字可以那么写的，原来可以这么变化，兴趣就跟着来了。

草书有一定的规则，像"纟"字旁，写起来作一个"子"字，今后大家一看，即刻明白，只要起步，慢慢地都能看懂。

草书也不一定要写得快和潦草，记得冯老师说过，草书要慢写，一笔一画，都有交代。一位学草书的友人说，笔画写错了也不要紧，但是慢慢写，不错不是更佳？

"书法家"这三个字，我是绝对称不上的，"爱好者"这三个字更好。成为一个"家"，是要花毕生精力和时间去钻研的，我的嗜好太多，不可能完成这个任务。

当成兴趣最好，研究深了，成为半个专家好了，不必太过沉重。一成为半个专家，就是一种求生本领，兴趣多，求生本领也多，人就有了自信。

人家问我学书法干什么，我一向回答："到时，在街边摆个档，写写挥春，也能赚几个钱呀。"

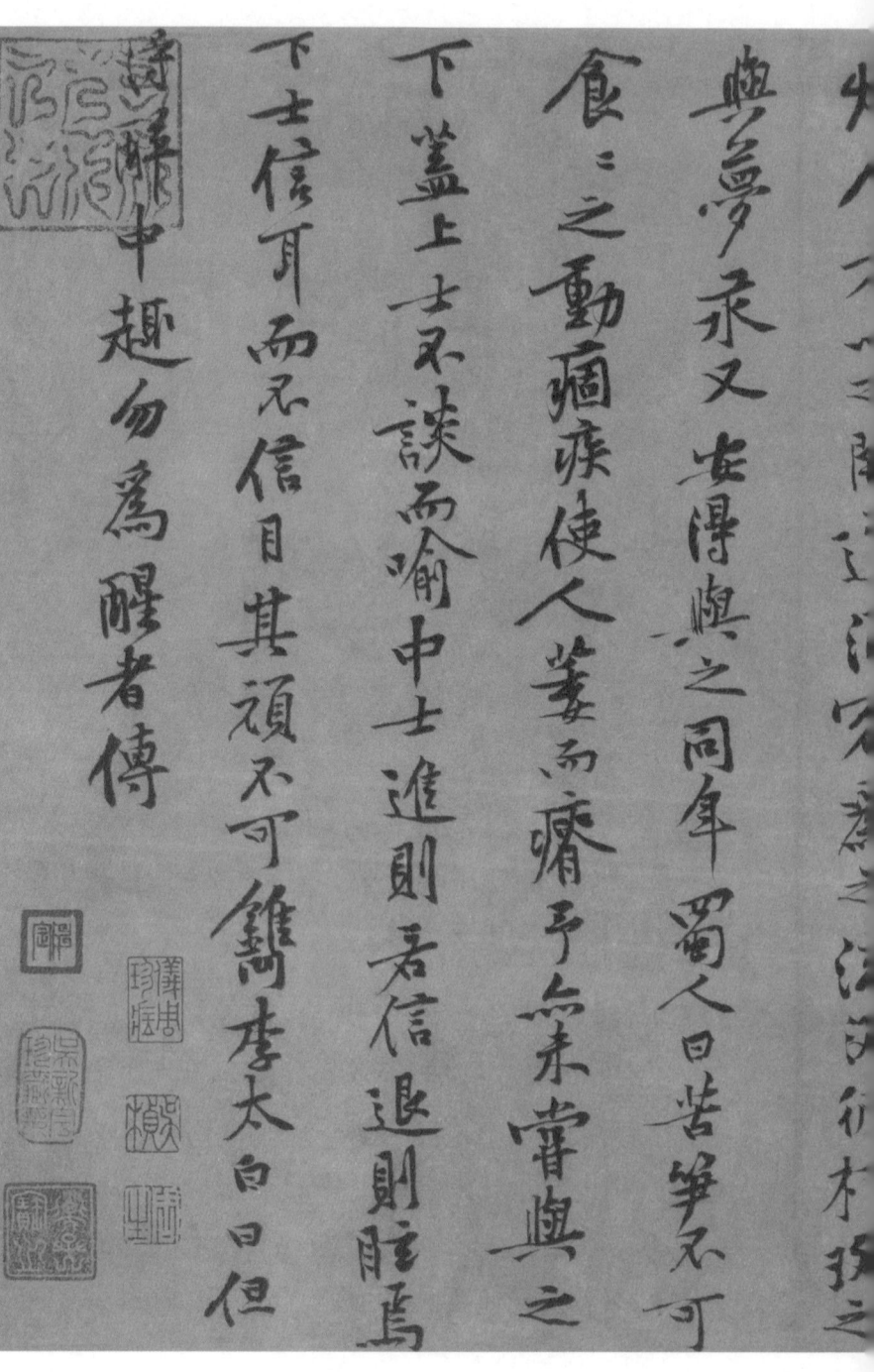

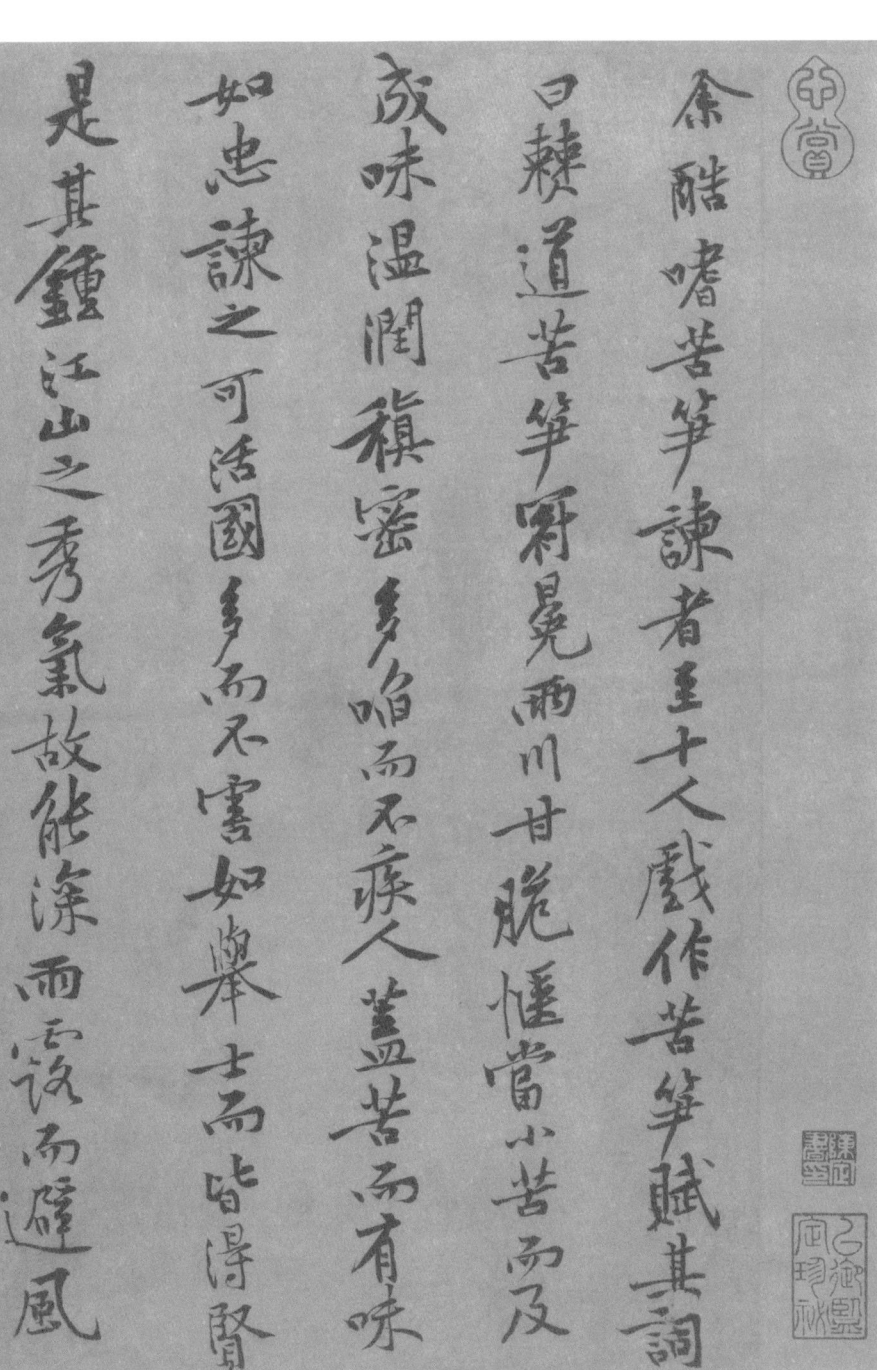

[北宋]黄庭坚《苦笋帖》

行草展花絮

二○一七年十月二十七日，在北京的荣宝斋开了我人生第一次展览会。前一天抵达，看布置已经做得完善，放心了。除了自己的字四十六幅，还有十张苏美璐的插图，才没那么儿闷。我也是一个常去看展览的人，发誓若有机会自己开一个，一定克服一些小毛病。

什么毛病呢？通常看完就走，没买到一幅。为什么？贵呀。所以这次和主办单位商量好，尽量把价钱压低。真迹还是觉得太贵的话，买本纪念册好了。纪念册也分三种，平装版的大家都可以轻松地带回去，要求好一点的有两种不同尺寸的版本，用宣纸印刷，精美得很。

开一个展览，再多人来看也是那么一群，当今有了互联网，我在各个平台上把作品放上去。荣宝斋也随时代并进，有自己的网站可以出售作品，所以加起来，连同现场出售的，第一天已经卖掉一半以上了。

事前主办单位问我要不要开个酒会之类的，我最怕这种应酬了，什么都不要，也谢绝了花篮，每次看到展完后被丢弃的那么一堆，就觉得又浪费又不环保。我开玩笑说不如折现吧，再不然就用这些钱买本纪念册。

展厅一共有两层，下面的我放了一幅很长很大的草书《心经》，当

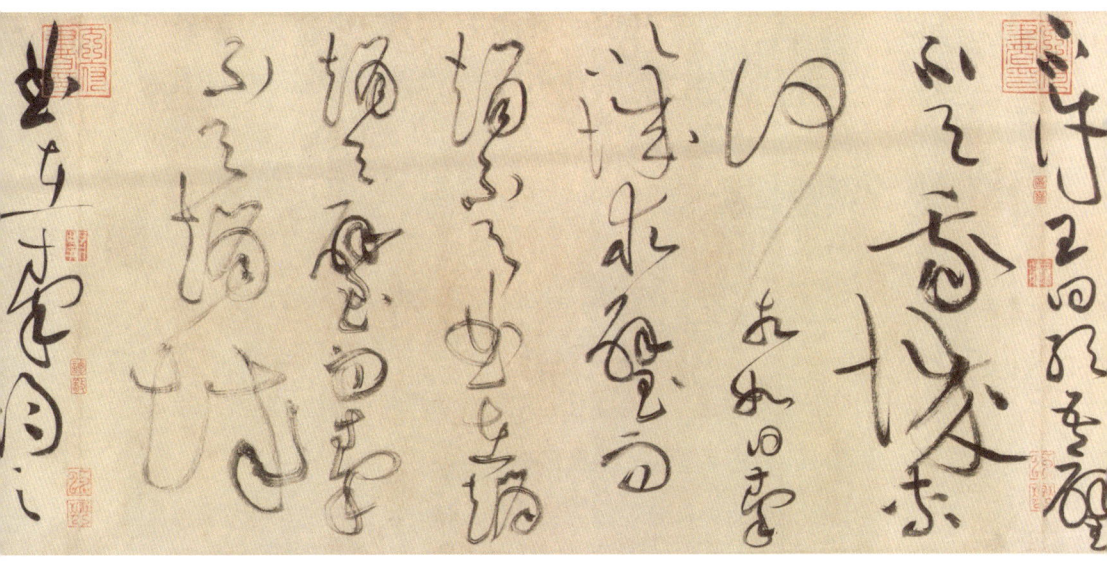

［北宋］黄庭坚《廉颇蔺相如传》（局部）

成是"镇店之宝"吧。来看的人因为熟悉内容，对着那些鬼画符似的草书，也能一字字念出。

检讨第一天的成绩，发现最快卖出，也是卖得最好的，是我那些不合常规的。像"别管我"那幅，卖完后还有客人再订。在展厅的二楼设有一张案桌，由好友糖糖在那儿泡浓得似墨的熟普洱给我喝，另一张大的，留着给我写字，我一有空档，就在那里写呀，再写，然后把卖出的拆下被客带走，我写完荣宝斋即裱，随时补上。

第二天，也是重阳节，在荣宝斋大讲堂做一场公开演讲，这回有友人褚海涛开的"无忧格子"奶酪赞助，组织了团队，在现场直播，然后再转发到其他网络平台，不然的话，来的人再多，也比不上利用互联网的效力那么高。

大家的问题一一回答，除了书法上的，还有盛情的、美食的、反应非常热烈。

字接着卖，没有停过，一有空档，就往整个琉璃厂溜达，每家字画店、古董店和书店都进去逛逛，是我多年来的心愿。

第三天，应清华大学同学邀请，到礼堂去和大家交流。清华大学当今的银杏树叶都已金黄，配衬着这几天很难得的清澈蓝天，环境特别漂亮。同学们的问题集中在年轻的迷惘，我告诉大家唯一克服的方法，就是培养一种兴趣或嗜好，研究再研究，研究深了，就会找很多书看，一看之下，原来早已有人做过更深的学问，你能与古人交朋友，哪有时间寂寞或迷惘？

也不到处去找东西吃了，北京的交通不是开玩笑的，一出门就一两个小时塞车，还是乖乖留在展览会场。好友洪亮到各名店去打包，把一堆堆美食买回来，荣宝斋也特别开恩，让我在茶桌上开餐，吃得饱饱。

洪亮是摄影机名厂哈苏的高层，到处去展示产品，也乘机寻找美食，吃得身材略胖，为了答谢他的心意，写了"肥又何妨"相送，他高兴得很。

字继续卖，我继续补，但也会闷的，闷起来，我和小朋友们玩，摄影家刘展耘的小女孩很可爱，我画了一个《半鼻子》卡通人物，先画五个小圈，再一个大圈，点上眼睛，即成。刘千金看得大乐，我也画得发狂，再来一副史努比睡在狗屋上的给她。铺满满地的字，刘展耘要他女儿选，她挑了一张《酒色财气》，真是孺子可教。

和荣宝斋结缘，由我请他们刻木版水印开始，《用心》那两个字印了多幅，卖完又卖，这也是替来参观的朋友们着想，真迹太贵，也可以便宜地收藏和真迹一模一样的木版水印，我替买的人提上名字上款，再原钤一个印章。

我的生意上的拍档刘绚强先生一个印刷界的巨子，拥有最新进的印刷机，像一间房子那么大，什么原材都可以印上，玻璃、宣纸、布条，这次他为我做了很多真迹的衍生品，都价廉，其中一幅"莫愁前路无知己，落花时节又逢君"，特别受欢迎。不来现场，网上也可以买到。

展出期间，来了一位嘉宾，大家也认识，就是钟楚红了，许多现场看字的朋友遇见了，都不相信自己的眼睛。

荣宝斋行草展，为期六天，圆满地结束了，展品四十六件全部售罄，应大家要求，再添了多幅，又有订制十数件，算是对荣宝斋和自己有一个交代。

一般展览，开完了就完了，但当今的可以不断地延伸，在网上继续出品。大家对"别管我"有兴趣，再下来就有"谁在乎""管他呢"，等等，都是不正经的，都是以前书家不肯写的，我才不管，大家喜什么买什么，国内人士所谓的"接地气"，就是这么一回事。

返港后，倪匡兄说北京那么多书法家，你竟然敢去撒野？我笑着："大家对老人家还是客气的，所以现在七老八老才有勇气。觉得最好的还有一副：双鬓斑斑不悔今生狂妄。"

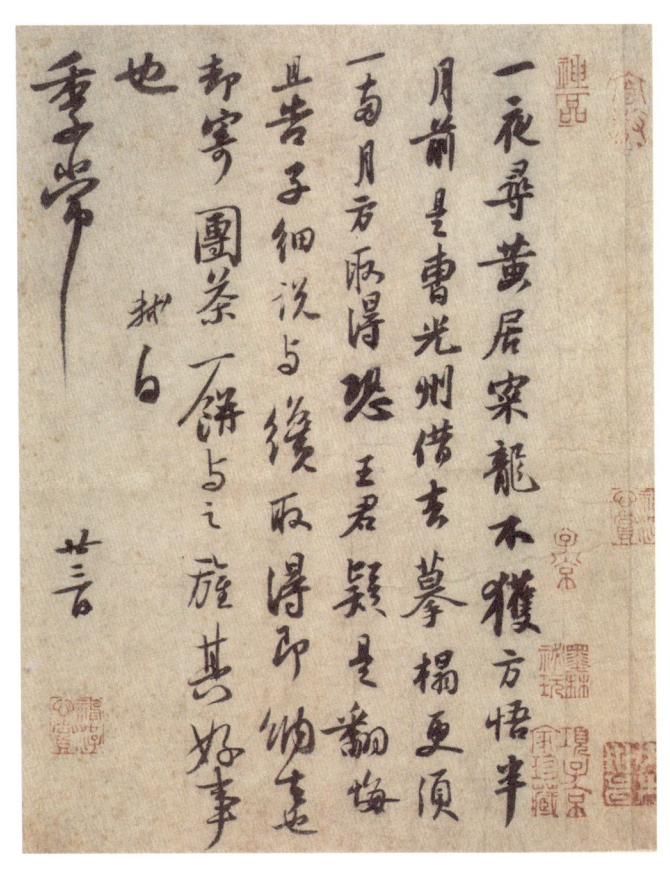

[北宋] 苏轼《一夜帖》

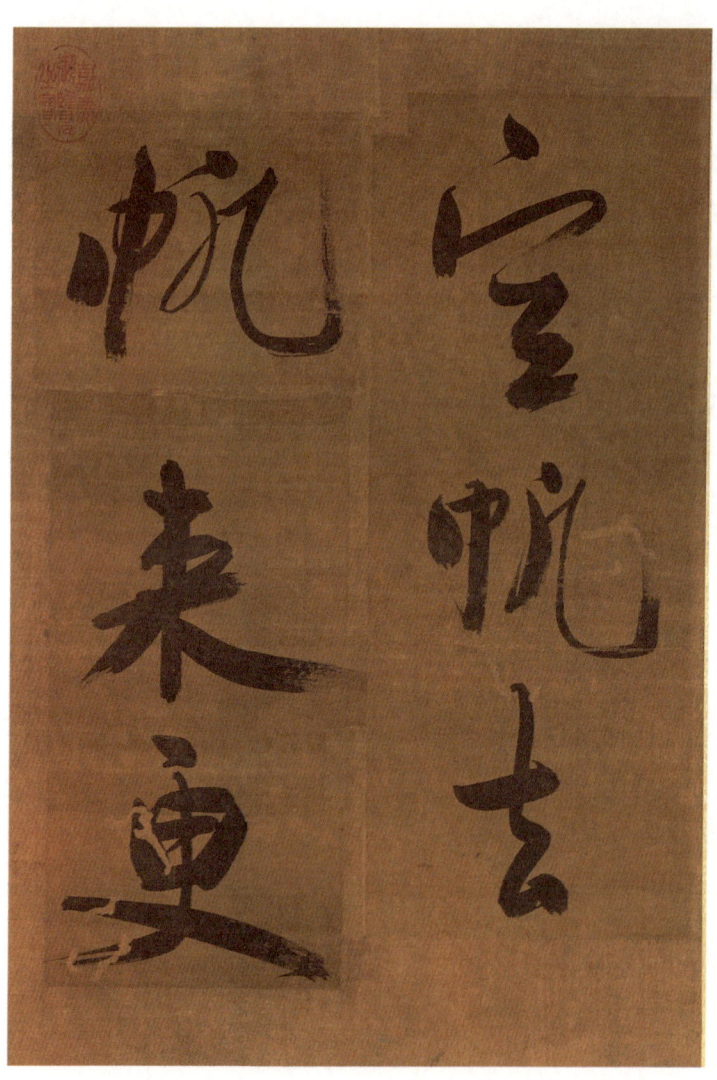

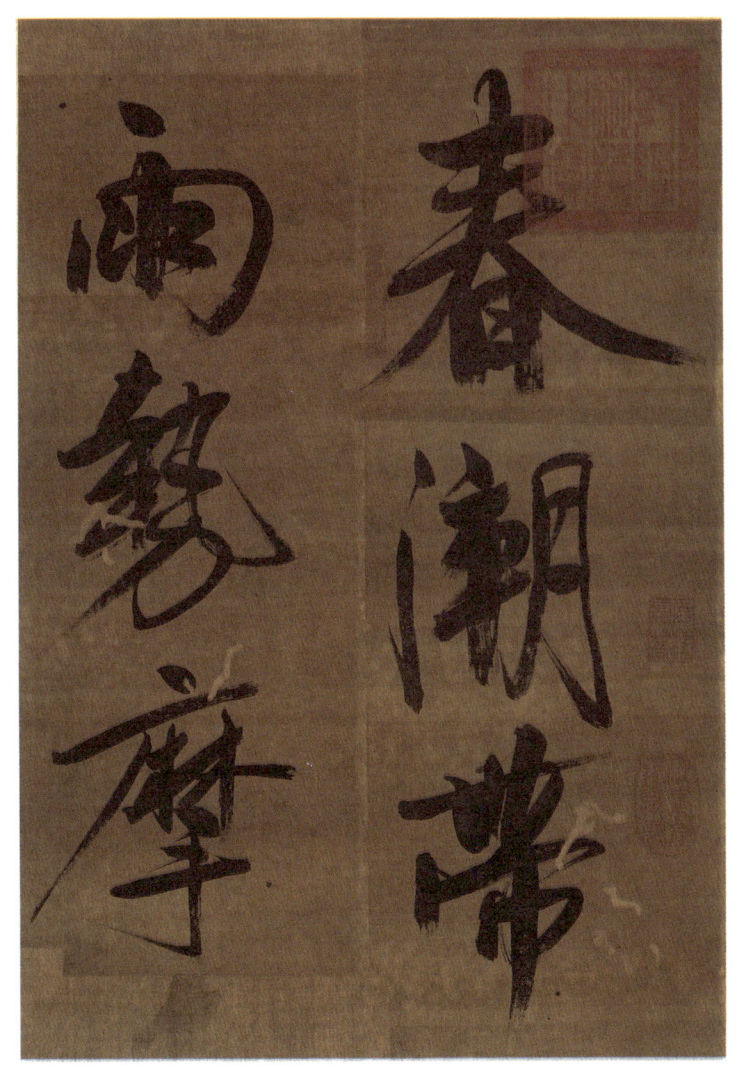

[北宋]黄庭坚 书七言绝句

可悬酒肆

与"荣宝斋"由制作《用心》二字的木版水印而结缘,在二〇一七年底于他们的北京展览厅举行了我的行草展,获大家爱戴,全部售罄。再接再厉,二〇一八年的春天,我又在香港的荣宝斋再来一次。

为了求变化,我向香港荣宝斋的总经理周伯林先生提出,不如与苏美璐一起举办,周先生表示赞成,展名顺理成章地叫为"蔡澜苏美璐书画联展"。

苏美璐和我的合作,不知不觉之中已经三十年,连她的英国儿童书籍出版商也觉得是一件很难得的事,当今她在国际的名声甚响,《纽约时报》记载过:"苏美璐作品充满光辉,每一幅都像日出时照透了彩色玻璃……"

她的插画获得无数奖状,尤其是一本叫 Pale Male: Citizen Hawk of New York City 的,描述纽约的老鹰如何在石屎森林中骄傲地活下去的,图文并茂,值得收藏。

好莱坞奥斯卡影后Julianne Moore的儿童书《我的母亲是一个外国人,但对我不是》(My Mom Is A Foreigner, But Not To Me),也指定要苏美璐为她插画。

这回联展，我自己六十幅文字，选了她六十幅图画，都是以前我写过的文章中出现过。我每次看自己的专栏时，先看她的画，总觉得画比文字精彩。

至于我的字，看过师兄禤绍灿先生之前举行过的展览，各种中国字的形态都精通，数百幅字洋洋大观，实在是大家。我越看越惭愧，只能用我写惯的行草作字，其他的大篆小篆和钟鼎甲骨等，一概不通。

能够有机会做展览，也拜赐了我在其他方面的声誉，尤甚饮食界，有很多人要我替他们的商店题字做招牌。我是一个商人，见有市场，就坐地起价，最先是几千块一个字，渐渐涨到一万，接着就是翻倍，一翻再翻，当今已是十万人民币一个字了。

餐厅通常以三个字为名，共收三十万，对方也是商人，也会精算，花三十万买个宣传，不贵也。所以越来越多人叫我写，看样子，又得涨价了。

本来书画展都有一个别题，像绍灿兄的叫为"心手相师"，如果要我选一个副题，我一定会用"可悬酒肆"四个字。

的确，我的字都是游戏，尤其自娱，在写题下款时，很多书家喜用某某题，但是我买得最多的，是"墨戏"这两个字。对于我，每一幅都是在玩。

也许是抱着这个心情，我可以放松自己，写自己喜欢的句子，绝对不会是什么"圣人心日月，仁者寿山河"那么古板，也不会"岂能尽如人意，但求无愧于心"那么玄奥，更非常之讨厌"业精于勤荒于嬉"之类的说教。

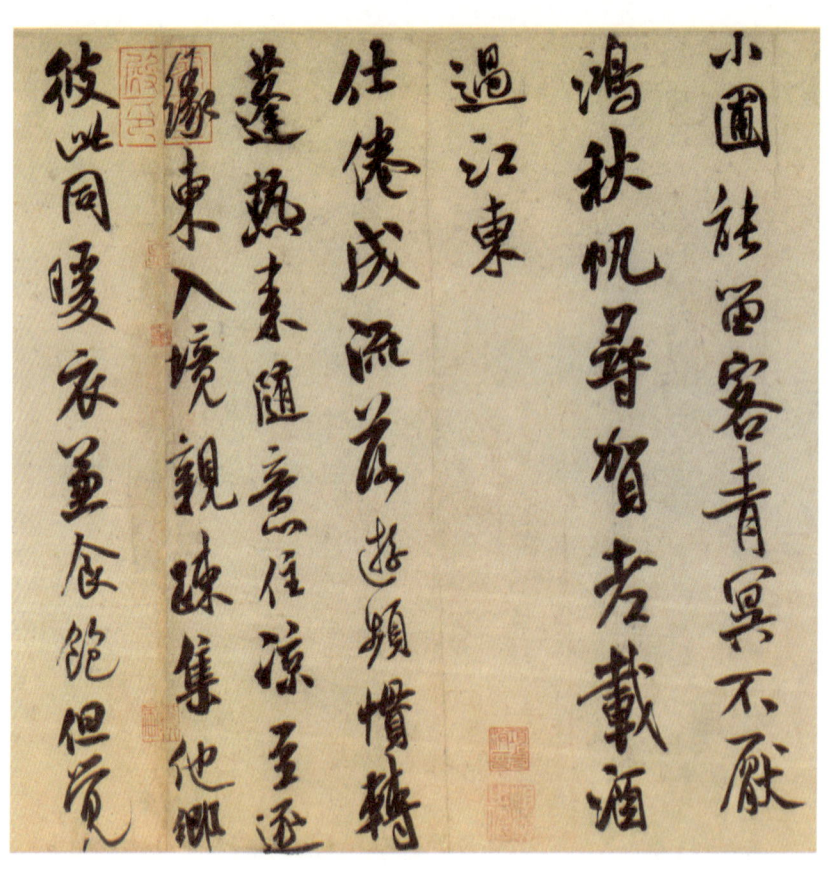

［北宋］米芾《苕溪诗帖》（局部）

时常想起的是丁雄泉老师的画，并非毕加索名作，但充满令人喜跃的色彩，挂在家中墙上，每天让看的人开心，我要的，就是这种感觉。

把幽默注入在古诗之中如何，"思君令人老"为上句，下句我是"努力加餐饭"，即刻有趣了。

简单一点，用两个字或三个字的也耐看，之前写的"开心"最多人喜欢，"无妨"也不错，"别管我"和"不计较"，狂妄一点，来个"不睬你""管他呢"和"谁在乎"。

一个字的，我最爱"真"和"缘"。以前在书展时，有人要求写个"忍"，我问对方："你结婚多少年了？"

回答："二十年。"

我说："不必写了，你已经是专家。"

与其写"随心所欲"，我在北京时常听到他们的四个字"爱咋咋地"，也很喜欢。

长一点的，大幅的，写草书《心经》。草书少人看得懂，但《心经》人人会念，每一个字都熟悉，细看之后说："啊，原来这个字可以这么写！"

另外有黄霑的"沧海一声笑"和"问我""塞拉利昂下"，更是每一个香港人唱得出的歌词。

书画展点滴

香港荣宝斋《蔡澜苏美璐书画展》，从二〇一八年三月二十七日至四月三日为止，圆满地结束了，我拍了一张照片在社交平台发表，字句写着："人去楼空并非好事，但字画售罄，欢乐也。"

邀请函上说明为了环保，不收花篮，但金庸先生夫妇的一早送到，王力加夫妇一共送两个，陈曦龄医生、徐锡安先生、师兄禤绍灿、沈星，还有春回堂的林伟正先生、成龙和狄龙兄也前后送到，冯安平的是一盘胡姬花，最耐摆了。

倪匡兄听话，没送花，但也不肯折现，撑着手杖来参加酒会，非常难得，他老兄近来连北角之外的地方也少涉足，来中环会场，算是很远的了。

酒会场面热闹，各位亲友已不一一道谢，传媒同事也多来采访，为了国内不能参加的友人，我在现场做了一场直播，带大家走了一圈，亲自解说。

记得冯康侯老师曾经说过，开画展或书法展也不是什么高雅事，还是要说明给到场的人字画的内容，这和推销其他产品没什么分别。

照了X光，医生说可以把那个铁甲人一般的脚套脱掉，浑身轻松起来，加上兴奋，酒会中又到处乱跑，脚伤还是没有完全恢复，事后有点酸痛。

再下去几天，就不能一一和到来的人一起站着拍照了，干脆搬了一张椅子在大型海报前面，坐着不动当布景板，朋友们要求，就不那么吃力。

合照没有问题，有些人要直的拍一张，横的拍一张，好像永远不满足。他们都很斯文，有的人样子看起来很有学问，但是最后还是禁不住举起剪刀手，他们不觉幼稚，我心中感到非常好笑。

已经疲惫不堪时，其中一位问我站起来可不可以，我就老实不客气地："不可以！"

自己的字卖了多少幅我毫不关心，倒是很介意苏美璐的插图，又每天写电邮向她报告，结果颇有成绩。我自己买了三幅送人，一幅是画墨尔本"万寿宫"的前老板刘华铿的，苏美璐没见过本人，但样子像得不得了，另一幅是画"夏铭记"，还有上海友人孙宇的先生家顺，应该是很好的礼物。

自己的字，有一幅觉得还满意的是"忽然想起你，笑了笑自己。"第二个"笑"字换另一方式，写成古字的"咲"，很多人看不懂，结果还是卖不出，直到最后一天，才被人购去了，到底还是有人欣赏。

写的大多数是轻松的，只有一张较为沉重："君去青山谁共游"。有一位端庄的太太要了，见有儿子陪来，我趁她不在时问为什么要买这张，回答道家父刚刚去世，我向他说要他妈妈放开一点，并留下联络，心中答应下次有旅行团时留一个名额给她。

钟楚红最有心了，酒会时她来了一次，过几天她又重来，说当时人多没有好好看。当今各类展览她看得多，眼界甚高，人又不断地自我修养求进步，一直是那么美丽，是有原因的。

想不到良宽的那一幅也一早给人买去，来看的人听了我的说明，感谢我介绍这位日本和尚画家，其实他的字句真的有味道，下次可以多写。

张继的那首脍炙人口的诗，并不如他的另一个版本好，所以写了"白发重来一梦中，青山不改旧时容。乌啼月落寒山寺，倚枕仍闻半夜钟。"也有人和我一样喜欢，买了回去。

来参观的人有些也带了小孩子，我虽然当他们为怪兽，绝对不会自己养，但别人的可以玩玩，然后不必照顾，倒是很喜欢的。好友陈依龄家的旁边有一家糖果店，可以印上图画，问我要不要，我当然要了，结果她送了我一大箱的圆板糖，一面印着"真"字，一面印着一只招财猫，一下子被人抢光。

那个"真"字最多人喜欢的，我也觉得自己写得好，一共有两种，一是行书、一是草书，卖光了又有人订，一共写了多幅。我开始卖文时，倪匡兄也说过：你靠这个"真"字，可以吃很多年。哈哈。

对了，卖字也要有张价钱表，古时古人书写叫为"润例"，郑板桥的那幅写得最好，好像已经没有人可以后继了，结果请倪匡兄为了我作一篇，放大了摆在场内，可当美文观之。

书画展靠多人帮忙，才会成功，再俗套也得感谢各位一下，最有功劳的当然是香港荣宝斋的总经理周柏林先生和他几位同事，他们说没这么忙过。不久的将来公司会搬到荷李活道,给个固定地方卖苏美璐和我的字画。

宣传方面,叶洁馨小姐开的灵活公关公司也大力帮了很多忙,在此致谢。

最感激的是各位来看的朋友,过几年,可以再来一次。

附录
蔡澜：人生真好玩儿
（《开讲啦》）

我的名字叫蔡澜，为什么叫蔡澜呢？因为我是在南洋出生的，我爸爸说："你就蔡南吧，南方的南。"但是我有一个长辈，名字里也有个"南"字，所以说不好、忌讳，就改成这个波澜的"澜"字。古语也有云："七十而不逾矩"，"不逾矩"就是不必遵守规矩，一下子就活了。

人生真的不错，真的好玩啊。有两种想法，你如果认为很好玩就好玩，你认为不好玩就不好玩。就像你出门，满天乌鸦嘎嘎嘎地叫，这个很倒霉。但是你想，乌鸦是动物中唯一会把食物含着给爸爸妈妈吃的，这种动物很少，包括人类也少了。所以说在这么短短的几十年里面，把人生看成好的，不要看成坏的，不要太灰暗。我最喜欢跟年轻人聊天，因为自己心态还算年轻，我可以跟他们沟通。但我发现很多年轻人，还是跟我有一点代沟，就是我比他们更年轻一点。尽量地学习、尽量地经历、尽量地旅游、尽量地吃好东西，人生就比较美好一点，就这么简单。

我喜欢看书，我喜欢看很多很多的书，什么书我都看，小的时候就看《希腊神话》，喜欢看这些幻想的东西。我也喜欢旅行，一旅行，看人家怎么过活，眼界就开了。我在西班牙的时候去看外景，有一个老头在钓鱼，西班牙那个岛叫伊比沙岛，退休的嬉皮士都喜欢在那边住。这个老嬉皮在那边钓鱼，我一看前面那些鱼很小，我一转过头来，那边的鱼大得不得了。我说："老头，那边鱼大，为什么在这边钓？"他看着我说："先生，我钓的是早餐。"没错，一句话把你的人生的贪婪，什么都唤醒了。

在旅行中间，你可以学到很多很多的人生哲理。另外的一次，在印度山上，当地个老太太整天煮鸡给我吃，我说："我不要吃鸡了，我要吃鱼呀！"那太太说："什么是鱼？"她在山上都没看过。我就拿了纸画了一条鱼给她，说："你没有吃过真可惜呀。"老太太望着我说："先生，没有吃过的东西有什么可惜呢？"都是人生哲理。

我出道很早，我差不多十九岁已经开始做电影的工作了。那时候跟一些老前辈一坐下来，一桌子十二个人，我最年轻。但是我坐下来的时候，我已经在想有一天我会是在座中最老的呢。果然，这个好像一秒钟以前的事。我昨天晚上跟人家去吃饭，我一坐下来已经是最老的了。所以不要以为时间很长，就是这么一刹那就没了。

提到墨西哥，我在墨西哥也住过一年，去到墨西哥的时候，我看有人家卖爆竹烟花，我想去买来放。我的朋友说："蔡先生，不行，不行啊，死了人才放的呀！"为什么死人要放烟花爆竹，其实他们那边的人生活很辛苦，人很短命，跟死亡接触得很多。那么一接触得很多的时候，为什么不把死亡这件事情变成一种欢乐的事情呢？那为什么一定要生着才庆祝嘛，人死了也是可以庆祝的。

我认为年轻人要做什么都可以，只要有心的话，总有一天会做到，这个就是年轻的好处。在玩乐中体验人生，在平常的烟火气中感受生活的美好。我到一个餐厅去，我吃了很好吃，我就写文章来推荐给大家。因为做生意的确不容易，我不会随便骂人。至少呢，我写的那些文章人家拿去，彩色放大了以后贴在餐厅外面。你到香港去看好了，通通是，总之做什么事情都要很用心去做，样样东西都学，有一本书教你怎么做酱油的，我也买回来看。像我，我也练书法、刻图章，学完了以后，学多了就样样东西是专家，所以，人的本事越多越不怕。

我有一天坐晚上的飞机，深夜的飞机多数会遇到气流，这次飞机很厉害，就一直颠、一直颠。颠就让它颠吧，而我就一直在喝酒。旁边坐了一个澳洲大佬，一直在那抓，一直怕，一直抓，一直怕。好，飞机稳定下来了以后，他看着我，非常之满意地看着我。他说："喂，老兄你死过吗？""我活过。"

年轻人，总要有点理想，总要有点抱负，总要有点想做的事情，那么要做就尽量去做吧！

蔡澜：我们都是对生活好奇的人
（《鲁豫有约》）

我的方向就是把快乐带给大家

很多人会很羡慕我的人生，但是，不用羡慕，实行去，谁都可以的。

我在北京常吃的就是那几家饭店，吃羊肉，因为到了北京不吃羊肉不行嘛。北京就羊肉做得最好。

有个地方是一个朋友介绍的。我们到每个地方去，都有一些当地喜欢吃东西的朋友，而且你看过他们写的文章或者发表过的微博你就会认识。认识这个人，那么就到那边去找这个人。信得过了，那么他就介绍这里好或那里好。

好吃的东西我当然喜欢吃，但不好吃的东西，我也可以学着去吃它。好不好吃，你没有吃过，你没有权利批评。但试过了以后知道不好吃就不吃。

去国外的话，如果遇见什么都不好吃的情况，那么宁可饿肚子。比如，有一次我在伦敦街头，肚子很饿了，走来走去都是这个M字头的店。我死都不肯进去，多饿我都不肯。

后来碰到一个土耳其人在卖那个一块一块小肉，用刀切。我就终于有东西可吃了。

吃饭是有尊严的，宁肯饿着，不好吃我就不吃。

我从来不会把吃当成半个工作。

我有一个写了几十年的专栏叫作《未能食素》。有一天我说，哎，旅行的时候也要我发稿？别的文章可以一边旅行一边写，只有这一篇东西不能够，因为你离开了很久，你没有吃过那个餐厅，你不能乱写。

我这一生到现在为止，并没有做到很任性地生活。倪匡先生也讲过，不能够想做就做，可以不想做尽量不做。想做就做，天下大乱了。

我想做的事就是我的方向，我的方向就是把欢乐带给大家，一方面又可以赚钱，尽量不要做亏本的事情，我现在这个年纪还做亏本的事很丢脸的。

我最得意的发明是和镛记老板甘建成先生一起还原了金庸小说《射雕英雄传》里的"二十四桥明月夜"这道菜。

这道菜的来源是：黄蓉要求洪七公教武功，洪七公说你煮一个菜给我吃。黄蓉说，吃什么？洪七公说，吃豆腐。怎么做呢？要把那个豆腐塞在火腿里面，那么这个怎么做呢？书上没有写明。因为这里（镛记）有个金庸宴，我就跟这里的老板甘先生一块去研究，研究完了我们就把一个火腿切了三分之一，然后用电钻钻了二十四个洞，再把豆腐放在里面，用盖盖起来拿去蒸。因为火腿的味道都已经进入到豆腐里，所以，这道菜只吃豆腐，火腿弃之。

金庸吃了之后，表示很喜欢。

除了金庸小说里的菜式，也试着还原过其他作品里的菜，比如《红楼梦》以及张爱玲的一些小说，但是，最后弄出来的菜，其实都不好吃。

我喜欢的是欣赏

我做监制就是邵逸夫先生教的，他说你要是喜欢电影的话，你就要多接触电影这个行业一点，你如果单单是做导演的话，那么这部戏你拍完了以后就剪接，时间紧，牵涉到的范围比较窄小，你如果做监制的话，任何一个部门你都要知道，做监制有一个好处就是说你懂的事情多了以后，你就可以变成种种的部门，你都变成一个专家以后，你的生存机会就会越来越多，可以去打灯，可以去做小工，总之你的求生的技能越来越多，你的自信心就强起来了，都是这样。

邵逸夫先生之所以给我这么多机会，一方面因为跟我的父亲是世交，另一方面还因为他觉得从这个年轻人身上能看到当年的自己，觉得我是适合做这一行的。他是喜欢我的，所以他才会把所有的事情都讲给我听。

但并不是因为邵先生的关系，我一上来就要管很多人、很多事，也是要像新人一样从头开始，去学习，学习了之后才可以去做。

我参与的第一部电影是从拍外景开始，像张彻先生来拍《金燕子》，我不是整部戏参与，就是外景部分罢了。从那里学起，一直学，跟这些工作人员打好关系以后,我就开始自己拍戏。我跟邵先生讲,你们在香港拍一部戏要一百万,七八十万,我这里二三十万就给你搞定了,你们拍戏在香港拍要五六十天,我这里十几天就给你搞定了。那时候是越快生产越好,因为工厂式的作业,所以他也就听得进去。他说那你就拿这笔钱去,你就去拍,那么我就在开始在日本拍香港戏,请了几个明星过来,其他工作人员都是日本人,拍完了以后就把它寄回去,就在香港上映。所以在东京拍香港片子就算是外景,也不能够拍日本外景,都要拍得很像香港,模仿香港,所以看到富士山也把它剪掉了,不拍的。

那时候我二十多岁,但我必须要掌控全局,没别的办法,就学,学习的过程从犯了很多错误开始,但犯错误不是坏事情。

我对所有的工作人员都要求很高,所以我曾经一度把所有的工作人员都炒了鱿鱼,只剩下我一个,重新开始组织。就是因为拍一部片子的时候,他们太慢。

没人了也没关系,再去组织就是了。

但这件事给我的一个经验就是,我要炒人的话,从炒一两个开始,不要通通炒掉。

我对人对己都要求很严,尤其是自己,要从自己开始。

合作的那么多导演,都是一些很以自我为中心的怪物。没有一个我喜欢的,我都很讨厌他们。

如果让他们来评价我的话,他们会说中午那顿吃得很好。

那是香港电影最最好的时候,因为忙碌,不断地有戏拍。因为每部戏都卖钱。

但是也会困惑。因为没有自己喜欢的题材、喜欢的片子，像我跟邵逸夫先生讲，我说邵氏公司一年生产四十部戏，我们拍四十部戏但是其中一部不卖钱，但为了艺术为了理想这多好。这是可以的，你们四十部中间一部你可以赌得过的。

他说我拍四十部电影都赚钱，为什么我要拍三十九部赚钱，一部不赚钱？我为什么不拍通通赚钱的？那么我也讲不过他，结果就是没有什么自我了。那时候我的工作就是一直付出，一直付出，一直把工作完成，没有说自己想拍些什么戏，就可以拍，所以如果谈起电影的话，我真的是很对不起电影的。我对我这段电影的生涯，不感到非常骄傲，我反而会欣赏电影，我欣赏的能力还不错。我做监制的时候我就为工作而工作，常常人家批评我，他说你这个人，你到底对艺术有没有良心？我说我对艺术没有良心。你是一个没有良心的人。我说我有，我对出钱给我拍戏的老板有良心，因为他们要求的这些，我就交货给他们，我有良心的，我不能够说为了自己的理想而辜负的人家，拿了这么大的一笔钱，让我来玩，我玩不起。

我只是赶上电影最容易卖的时候。但是作为一个有抱负的电影人，其实那是挺痛苦的。

但是没有后悔过。因为每个人都有自己的时代。

我那时候的心态就是把电影当成一个很大的玩具，因为你现在没有得玩，现在拍电影，好像大家都愁眉苦脸痛苦得要死，我很会玩啦，我会去找最好的地方拍外景，当年最好的酒，当年最好的一桌子菜，我都把它重现起来，女人我会重现，让她们穿最漂亮的旗袍，这些我会很考据的，把这部戏拍起来，在拍的中间，我很会玩，我已经达到我的目的了。

被这个时代推着，你不给我别的机会，那我就从中找到别的乐趣。

我经过这种失意的年代，那时候我就开始学书法。三十几岁吧，有一段时间很不愉快，不愉快，我就学东西了。

我学书法很认真地去学，书法和篆刻，刻图章，现在还可以拿得出来，替人家写写招牌。

内心是会郁闷的。当然郁闷时间很短了，后来我才发现我在书上也写过，干了四十年电影，原来我不喜欢干电影这行。

因为我喜欢的是欣赏，看，我不喜欢参加在里面，但是我会把自己变成一些大的玩具，就好玩，对自己的人生也有帮助，现在我欣赏电影就好了，不要再去搞制作，制作很头痛。

我做不了像邵逸夫那样电影大亨。我没有那种决心，很多很绝情的事情我做不了，很多决定我做不了。

比如你要很绝情地说，每一部戏都要赚钱，这个很绝情吧，我就不可以了，我说有钱就完了吗？

我不较劲，这个事情我做不好的话我离开一段时间，我试一个别的事情。

这点就是很多很多经验积累下来以后，让我离开，让我决定再也不回来。

我不遗憾，我知道遗憾了也没有用。我也不是一个有野心的人。我只是对工作要求高，我不怕得罪人，我看到不喜欢的我就开口大骂了。

在电影圈里面要找一两个性情中人不容易，都是很有目的地去完成一件事情的人。做导演的多数都是想着"我自己成名就好了，你们这些人死光了也不关我事"的人，这种人我不喜欢。

我最欣赏的人都不是电影圈的，像黄霑、倪匡、金庸、古龙。这几个人是我最好的朋友。共同点都是文人，都是对生活好奇的人，都是性情中人。

蔡澜：人生的意义无非就是吃吃喝喝
（《十三邀》）

我来香港五十多年了，选来选去，还是这个地方比较好，因为有生活，有人的味道，像人。

这家菜场我常常来逛，它没有招牌，我就替它写一个招牌。菜，它新鲜的话，会跟你笑，下次你来，买我买我。从小开始到现在，我最喜欢的就是逛菜市场了。

我最想做的是拉丁族人，我认为活得最快乐的是拉丁民族。我以前很忧郁的，不是开朗的人，后来一旅行了我才知道，原来人可以这么活着。

我十几岁已经开始旅行了，去日本之前，我到过马来西亚，到过很多地方了。去日本的时候我又顺便去了韩国。后来又因为拍戏的关系，什么地方都去了。

那时候，和好几个好朋友，一面吃一面聊天，聊到天亮。那些所谓的忧伤，都很明白，我们都经历过。

说到读书，我看书喜欢所谓的"作者论"，就是把同一个作者的所有的书都看完，我认为这才叫作看书。著作很多的，就很难。我的书也不少，但很容易看，很正统又不是正统，所谓文学又不是文学，所以那些什么艺术界、文学界一定是把我摒出去的。我说，那就归纳成"洗手间文学"好了，一次看完一篇，如果那天你吃的是四川火锅的话，一次就看两篇吧。我是一个把快乐带给别人的人。看我的书，希望你轻松一点，快乐一点，就这么简单。

电影工作，一干四十多年，做电影不是容易事。有多少个人死在你脚下，有多少老板亏本，有多少人在支持你，你才会成为"王家卫"？我开始明白一个道理，你如果有太强烈的个人主义的话，不要拍电影，因为电影不可能是一个人可以做的，它是一个全体创作，大家都有功劳。所以我开始写作，写作可以是我自己的。

我做人不断地学习。我在墨西哥拍戏的时候，看到炮仗、烟花要买来放，有人说，蔡先生，不可以，这个是有人去世才放的。我说，你们死人这么欢乐？是很欢乐，因为我们人很短命，我们医学不发达，我们还有一个死亡节。

所以他们了解死亡，他们接触，他们拥抱。

我开始想关于死亡，为什么要哭得这么厉害？为什么这样？我说学习怎么活很重要，但学习怎么死，特别重要。我们中国人从来不去谈。"老是不面对，整个人就不成熟"。人都有一死，何不快活一世，笑看往生？

我们常常看别人，却很少看自己，自己的思想是怎么样，就往那一边去走。这其实是可以改变的。不要把那个包袱弄得太重，没有必要。一个人可以改变世界的话，我就去洒热血、断头颅，我可以去。但有时候,我没有这个力量,改变不了,所以我就开始"逃避",吃吃喝喝也是一种逃避嘛。

吃是本能。我们常常忘记本能。

我是一个把快乐带给别人的人。吃得好的话自己高兴,对别人也好。再简单不过的道理。而且健康有两种,一种是精神上的健康,一种是肉体上的健康嘛。

许知远独白:这个世界充满不确定性,高度功利主义,什么都有目的,所以他做一个自由快活、享受人生的人,他知道这个时代所有的问题,他理解,但他选择不去直接地触碰它。在这个时代做一个快活的人,风流快活的体面人,那也是最好的反抗,体面的背后事实上有原则,我觉得这就是对中国社会的一个好处,特别大的好处。

蔡澜：发上等愿，结中等缘，享下等福

（荣宝斋现场问答）

问：特别想请教您的是，您活得如此快乐自在的秘诀是什么？

答：我们永远不把我们自己的人生往简单方面去思考，我们自己的想法越弄越复杂，为什么要这样呢？就是因为喜欢，就因为这样快乐比较好，快乐比痛苦好，这当然的事情。所以要把所有的问题简单化，把自己想法简单化的话烦恼就会比较少。

问：《射雕英雄传》中有一道名菜：二十四桥明月夜。蔡澜先生和一位香港的美食家真正做出了这道菜，我很好奇，您是怎么把豆腐弄得那么圆的？然后又放到火腿当中，而且嵌合得非常漂亮。

答：大的金华火腿，用电锯把三分之一锯开，锯开以后，再用电钻钻二十四个洞，钻了二十四个洞就用掏雪糕的那个把豆腐掏了填在洞里面，填二十四个再把这一块东西盖起来，再拿到蒸炉里面去蒸六个小时，火腿的味道都会跑到豆腐里面去。

十二个人吃饭，每个人掏两粒来吃，那么这个火腿呢，其实在书上也是这样写的：弃之不食。火腿就把它丢掉吧！

问：倪匡先生最近还好吗？

答:最近很懒惰。他住在北角,叫他来铜锣湾吃东西他都不肯。他就一直在他住的房间附近生活,他以前在三藩市的家很大,现在这个北角的家非常小。而且我说"倪匡兄啊,你以前住的这么大,现在住的这么小,真可惜啊"什么的,讲了一大堆。他说小就小,小有什么不好,我昏倒的时候,我用手一挡就挡住了嘛。所以他很乐天,他永远是一个外星人,永远是一个很懂得享受的人。

最近我跟他喝酒,他也喝了,那些朋友看到会说,倪匡你不是说过你喝酒的配额已经满了吗?怎么还在喝酒?他说是跟蔡澜喝嘛。我坏的酒的配额完了,好酒的配额刚刚开始。

问:您对我们当代年轻人有什么告诫吗?

答:没有劝诫,年轻是一个阶段,都要过的。我很看不惯年轻人和我爸爸很看不惯我是一样的道理。我还是很喜欢年轻人,还是喜欢跟你们交流。年轻人最好的就是可以犯错,不要怕犯错。有些事情做不了的话你要去想,我很不喜欢年轻人想都不敢想,那这个就没有什么希望了,想总要想,对也好坏也好一定要想。这个是我给年轻人的话。

我不相信一代不如一代,我相信青出于蓝。

问:您活到这种通透的程度,现在还有什么烦恼吗?

答:我有烦恼,但是我不告诉你,因为我告诉你没有用,你解决不了我的烦恼,没有用,所以我不跟你讲。因为我要把我所有的烦恼、痛苦都锁到一个保险箱里面,把它一踢踢到大海里面去,

因为讲了没有用,我是一个带欢乐给大家的人,我不想把我的痛苦追加在你们身上,什么事情就先笑,就哈哈哈大笑三声,我跟倪匡

兄学的。

问：您觉得年轻人，该如何去经营一段爱情，该如何去遇见一段爱情？

答：爱情是不要经营的，爱情如果要经营那就很假，爱情这种事情一发生了就是不可收拾的。一爱就爱了，要不然的话谁肯去结婚？结婚是一件很野蛮的事情，所以一定要冲昏头脑的时候才会做嘛。

问：虽然咱是第一次见面，但是在见您之前我看过您很多书，然后通过书本的交流，我感觉在您的书里我已经跟您成为好朋友了。您觉得这样咱们算是朋友吗？

答：是，这样是朋友。我跟很多古人都是这样，我跟王羲之，我跟毕加索也是朋友，我跟很多很多古人都是朋友。

问：您在练书法的过程中用的毛笔，在做饭的过程中用的锅铲，还有篆刻时候的刻刀，这三个工具怎样去完成您的书法、美食还有篆刻？

答：熟能生巧。一般我们刻完了以后拿去给冯康侯先生修改，他拿了一把刻刀好像在切豆腐这样，我一看，我说有一天我能够像他这样就好了。现在人家拿一个印过来给我，我也切切切。因为熟能生巧，所以我有这种把握。

刻印是一种乐趣，没有经过这种乐趣的人不晓得。就是你在刻的时候，在晚上，你就这样把这把刀推过去，那个爆裂石头的声音，那个声音真的好听，好听到极点。

晚上你要是听这个声音，你会觉得比任何音乐都好听。

问：您活得特别通透。您是从年轻到现在一直是这个状态，还是经历了一些事情以后，一个时间的沉淀以后，您才是现在的这个样子？

答：我年轻的时候很刻苦耐劳，我付出很多，我生活艰苦，我要供养我弟弟上学，我是过着苦行僧的生活。很年轻的时候，经过很多经历就有一点成绩，有一点成绩我就开始享受了。

当然要享受，当然要"报仇"了。有一对对联就是：发上等愿，发愿的话要上等愿；结中等缘，就是跟人家做朋友，也不必高攀了，普通人结朋友也很好；那么享下等福。我是正在享我的下等福，上苍对我还好了。

问：先生您曾经说过，对于老字号有一份敬意，但是就是面对现在的这种新潮流，您觉得老字号应该如何打破现在这样的困局？

答：不要打破，老字号就老字号，就是按照一贯的去做，也不要创新，什么都不要就维持。

日本有很多老字号，就是日本人开店拿来一块布挂在那边叫作软帘。他就是让软帘一直挂在那边，所以说只要开店的一天，只要食物保持不变的一天就一直做下去。什么辛苦也好怎么困难也好，做下去的话，就变成百年老店了嘛，也不必求变的，我很反对求变这回事。

问：您认为"美食不是垃圾"的那个概念和意义是什么？

答：我认为所有的快餐店都是垃圾来的。你们喜欢是你们的事情，我认为是垃圾。

倪匡跋

以"真"为生命真谛，只求心中真喜欢

不拘一格降人才

要用文字素描一个人，当然要先写下他的名字：

蔡澜。

然后，当然是要表明他的身份。

对一般人来说，这很容易，大不了，十余个字，也就够了。可是对蔡澜，却很费功夫。而且还要用到标点符号之中的括号和省略号，括号内是与之相关，但又必须分开来说的身份，于是在蔡澜的名下，就有了这些：

作家，电影制片家（监制、导演、编剧、策划、影评人、电影史料家），美食家（食评家、食肆主人、食物饮料创作人），旅行家（创意旅行社主持、领队），书法家，画家，篆刻家，鉴赏家（一切艺术品民间艺术品推广人、民间艺术家发掘人），电视节目主持人，好朋友（很多人的好朋友）……还有许多，真的不能尽述。

这许多身份，都实实在在，绝非虚衔，每一个身份，都有大量事实支持，下文会择要述之。

在写下了那么多身份之后，不禁喟叹：人怎么可以有这样多方面的才能？若是先写下了那些身份，倒过来，要找一个人去配合那些身份，能找到谁？

认识的人不算少，奇才异能之士很多，但如能配得上这许多身份的，还是只有他：蔡澜！

蔡澜，一九四一年八月十八日生于新加坡（巧之极矣，执笔之日，就是八月十八日，蔡澜，生日快乐），这一年，这一天，天公抖擞，真是应了诗人所求，不拘一格，降下人才。

人才易得，这许多身份不只是名衔，还有内容，这也可以说不难，难得的是，他这人，有一种罕见的气质，或气度。那些身份，都或许可以通过努力获得，但气度是与生俱来，是天生的，他的这种气质、气度，表现在他"好朋友"这身份上。

桃花潭水深千尺

好朋友不稀奇，谁都有好朋友，俗言道：曹操也有知心人。不过请留意，蔡澜的"好朋友"项下有括号：很多人的好朋友。

要成为"很多人的好朋友"，这就难了。与他相知逾四十年，从未在任何场合听任何人说过他坏话的，凭什么能做到这一点？

凭的，就是他天生的气质，真诚交友的侠气。真心，能交到好朋友,那是必然的事。

以真诚待人,人未必以真诚回报,诚然,蔡澜一生之中,吃所谓"朋友"的亏不少,他从来不提,人家也知道。更妙的是,给他亏吃的人士知道占了他的便宜,自知不是,对他衷心佩服。

许多朋友,他都不是刻意结交来的,却成为意气相投的好友,友情深厚的,岂止深千尺!他本身有这样的程度,所交的朋友,自然程度也不会相去太远。

这里所谓"程度",并不是指才能、地位,而是指"意气",意气相投!哪怕你是贩夫走卒,一样是朋友,意气不投,哪怕你是高官富商,一样不屑一顾,这是交友的最高原则。

这种原则也不必刻意,蔡澜最可爱的气质之一,就是不刻意地君子。有顺其自然的潇洒,有不着一字的风流,所以一遇上了可交之友,自然而然友情长久,合乎君子交游的原则,从古至今,凡有这样气质者,必不会将利害得失放在交友准则上,交友必广,必然人人称道。把蔡澜朋友多这一点,列为第一值得素描点,是由于这一点是性格天生使然,怎么都学不来——当然,正是由于看到他的许多创意,成为许多人模仿的目标,所以有感而发。

蔡澜的创意无穷,值得大书特书。

千金散尽还复来

蔡澜对花钱的态度,是若用钱能买到快乐,不惜代价去买。若用钱能买到舒适，不惜代价去买……

　　这样的态度，自然"花钱如流水"，钱不会从天上掉下来，也自然要设法赚钱。

　　他绝对是一个文人，很有古风的文人。从他身上，可以清楚感到古人的影子，尤其像魏晋的文人，不拘小节，潇洒自在。可是他又很有经营事业的才能，更善于在生活的玩乐吃喝之中发现商机，成就一番事业，且为他人竞相模仿。

　　喜欢喝茶，特别是普洱，极浓，不知者以为他在喝墨水，他也笑说"肚里没墨水，所以喝墨水"，结果是出现了经他特别配方的"抱抱茶"，十余年风行不衰。

　　喜欢旅行，足迹遍天下，喜欢美食，遍尝各式美味，把两者结合，首创美食旅行团。在这之前，旅行团对于参加者在旅行期间的饮食并不重视，食物大都简陋。蔡澜的美食旅行一出，当然大受欢迎，又照例成为模仿对象。参加过蔡澜美食旅行团的团友，组成"蔡澜之友"，数以千计，有参加十数次以上者。这种开风气之先的创举，用一句成语——不胜枚举，各地冠以他名字的"美食坊"可以证明。

　　这些事业，再加上日日不辍的写作，当然有相当丰厚的收入，可是看他那种大手大脚的用钱方式，也不禁替他捏一把汗。当然，十分多余，数十年来，只见他愈花愈有。数年前，遭人欺骗，损失巨大（八位数字），吸一口气，不到三年，损失的就回来了，主宰金钱，不被金钱主宰，快意人生，不亦乐乎。

　　真正了解快乐且能创造快乐、享受快乐，当年有腰悬长剑、昂首阔步于长安道路的,如今有背着僧袋,悠然闲步在香港街头的,两者之间,或许大有共通之处?

众里寻他千百度

对人生目的的追寻,可以分为刻意和不刻意两种,众里寻他,也可以理解为对理想的追寻。

表面上的行为活动,是表面行为,内心对人生意义的探讨,对人生理想的追求,则属于内涵。

虽说有诸内而形诸外,但很多时候,不容易从外在行为窥视内心世界。尤其是一般俗眼,只看表面,不知内涵,就得不到真实的一面了。

看人如此,读文意更如此。

蔡澜的小品文,文字简洁明白,不造作,不矫情,心中怎么想,笔下就怎么写,若用一个字来形容,就是:真。

乍一看,蔡澜的小品文,写的是生活,他享受的美食,他欣赏的美景,他赞叹的艺术,他经历的事情,大千世界,尽在他的笔下呈现。

试想,他的小品散文,已出版的,超过了一百种,即便是擅写此类文体的明朝人,也没有一个人留下这许多作品的,放诸古今中外,肯定是一个纪录。

能有那样数量的创作,当然是源自他有极其丰富的生活经历。

读蔡澜的小品散文,若只能领略这一点,虽也足矣,但是忽略了文章的内涵,未免太可惜了。"谁解其中味"?唯有能解其中味的,才能真得蔡文之三昧。

他的文章之中，处处透露对人生的态度，其中的浅显哲理、明白禅机，都使读者能得顿悟，可以把本来很复杂的世情困扰简单化：噢，原来如此，不过如此。可以付诸一笑，自然快乐轻松，这就真是"蓦然回首"就有了的境界，这是蔡澜小品文的内涵，不要轻易放过了！

闲来无事不从容

工作能力，每人不同，有的能力高，有的能力低。能力高者，做起事来不吃力，不会气喘如牛，不会咬牙切齿，兵来将挡，水来土掩，旁观者看来，赏心悦目，连连赞叹。能力低者，当然全部相反。

若干年前，蔡澜忽然发愿，要学篆刻，闻言大吃一惊——篆刻学问极大，要投入全部精力，其时他正负电影监制重任，怎能学得成？当时，用很温和的方法，泼他的冷水："刻印，并不是拿起石头、刻刀来就可进行的，首先，要懂书法，阁下的书法程度，好像……哼哼……"那言下之意，就是说：你连字都写不好，刻什么印！

他听了之后，立即回应："那我就先学写字。"

当时不置可否。

也没有看到他特别怎样，他却已坐言起行，拜名师，学写字。

大概只不过半年，或大半年左右，在那段时间内，仍如常交往，一点也没有啥特别之处。一日，到他办公室，看到他办公桌上，文房四宝俱全，俨然有笔架，挂着四五支大小毛笔，正想出言笑话他几句，又一眼看到了一叠墨宝，吃了一惊：这些字是谁写的？

蔡老兄笑嘻嘻地泡茶，并不回答，一派君子。

这当然是他写的，可是实在难以相信。

自此之后，也没有见他怎样呵冻搓手地苦练，不多久，书法成就卓然，而且还是浑然，毫不装腔作势。篆刻自然也水到渠成，精彩纷呈，只好感叹：有艺术天才，就是这样。他的这种从容成事的态度，在其他各方面，也无不如此。在各种的笑声之中，今天做成了这样，明天又做成了那样，看起来时间还大有空闲，欧阳先生曰：得其一，可以通其余。

信然！

最恨多才情太浅

蔡澜书法，极合"散怀抱，任情恣性"的书道，所以可观。其实，书道、人道，可以合论。蔡澜的本家蔡邕老先生在"笔论"中提出的书道，拿来做做人的道理，也无不可。

在对待女性的态度上，蔡澜绝对是大男人主义者。

此言一出，蔡澜的所有女性朋友，可能会哗然："怎么会，他对女性那么好，那么有情有义，是典型的最佳男性朋友，怎么会是大男人主义者？"

是的，所有他的女性朋友对他的赞语，都是对的，都是事实，也正因为如此，才说他是大男人主义者。

唯大男人主义者，才会真正对女性好，把女性视作受保护的弱小对象，放开怀抱，任情尽心地爱之惜之，呵之护之，尽男性之天职，这才是真正的大男人。

（小男人、贱男人对女性的种种劣行，与大男人相反，不想污了笔墨，所以不提了。）

女性朋友对蔡澜的感觉，据所见，都极良好，不因于性别的差异，从广义的观点来看一个"情"字，那是另一种境界的情，是一种浅浅淡淡的情，若有若无的情，隐隐约约的情，丝丝缕缕的情……

若大喝一声问：究竟是什么啊？

对不起，具体还真的说不上来。只好说：不为目的，也没有目的，只是因了天性如此，觉得应该如此，就如此了。

说了等于没有说？当然不是，说了，听的人一时不明，不要紧，随着阅历增长，总会有明白的一天，就算终究不明，又打什么紧？

好像扯远了，其实，是想用拙笔尽可能写出蔡澜对女性的情怀而已。不过看来好像并不成功？

回首亭中人　平林澹如画

试想看云林先生的画：天高云淡，飞瀑流泉，枯树危石，如斗茅亭，有君子兮，负手远望，发思古之幽情，念天地之悠悠，时而仰天大笑，笑天下可笑之事，时而低头沉思，思人间宜思之情，虽茕茕孑立，我行我素，然相交通天下，知己数不尽。

若问君子是谁，答曰：蔡澜先生也。

回顾和他相知逾四十年，自他处学到的极多。"凡事都要试，不试，绝无成功可能，试了，成功和失败，一半一半机会。"这是他一再强调的。只怪生性不合，没学会。

"既上了船，就做船上的事吧。"有一次跟人上了"贼船"，我极不耐烦，大肆唠叨时他教的，学会了，知道了"不开心不能改变不开心的事，不如开心"的道理，所以一直开开心心，受益匪浅。

他以"真"为生命真谛，行文如此，做人如此。所以他看世人，不论青眼白眼，都出自真，都不计较利害得失，只求心中真喜欢。

世人看他，不论青眼白眼，他也浑不计较，只是我行我素："岂能尽如他意，但求无愧我心。"

这样的做人态度，这样的人，赢得了社会上各色人等对他的尊重敬佩，是必然的结果。有一次，我在前，他在后，走进人丛，只见人群纷纷扬手笑脸招呼，一时之间以为自己大受欢迎，飘飘然焉，及至发现众人目光焦点有异，才知道是和身后人在打招呼，当场大乐：这是典型的"狐假虎威"。哈哈。

即使只是素描，也描之不尽，这里可以写一笔，那里可以补两笔，怎么也难齐全。这样的一个人，哼哼，来自哪一个星球？在地球上多久了？看来，是从魏晋开始的吧？

蔡澜书法欣赏

看破 放下 自在

佛

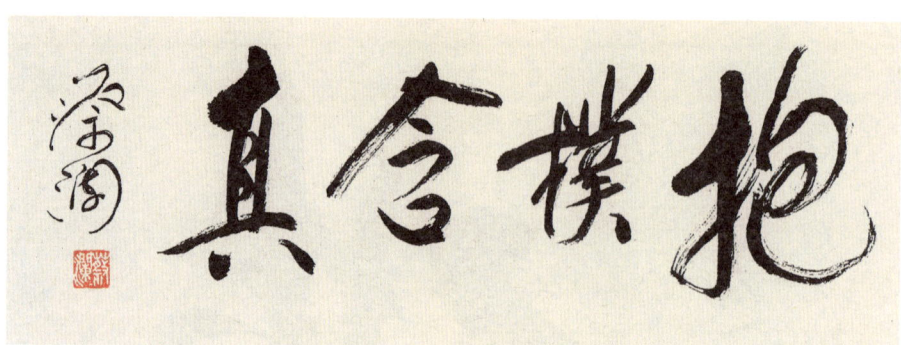

抱朴含真

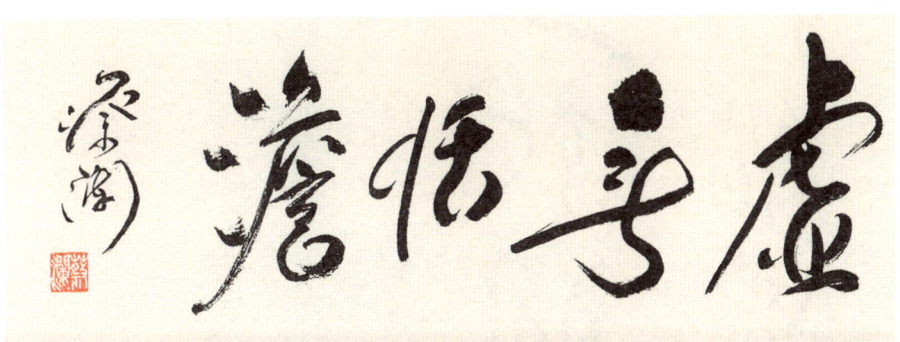

虚无恬淡

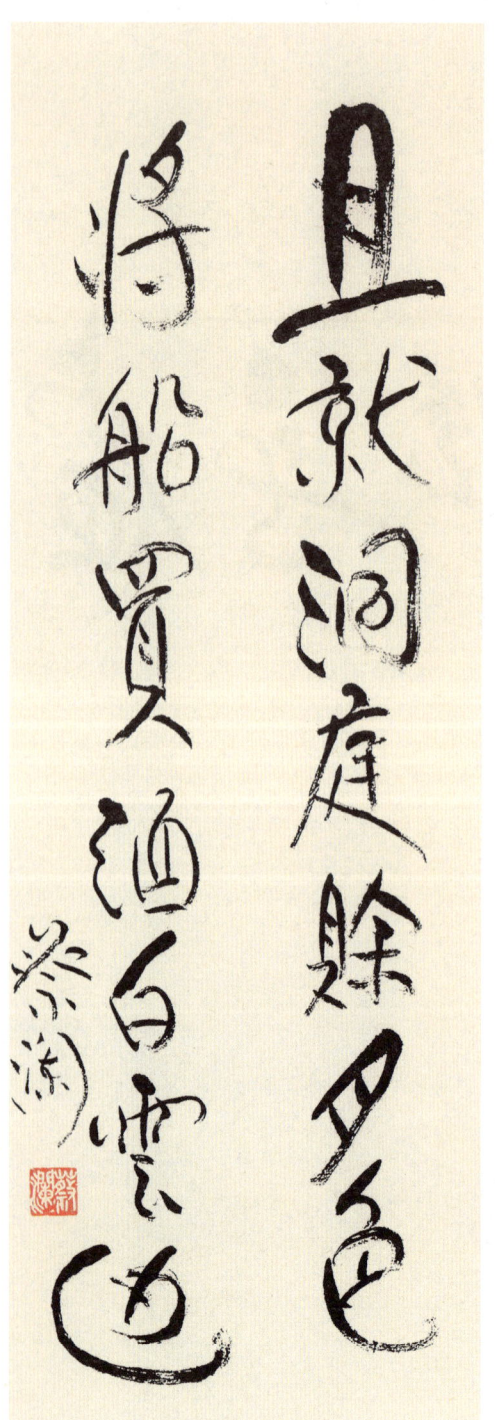

且就洞庭赊月色
将船买酒白云边

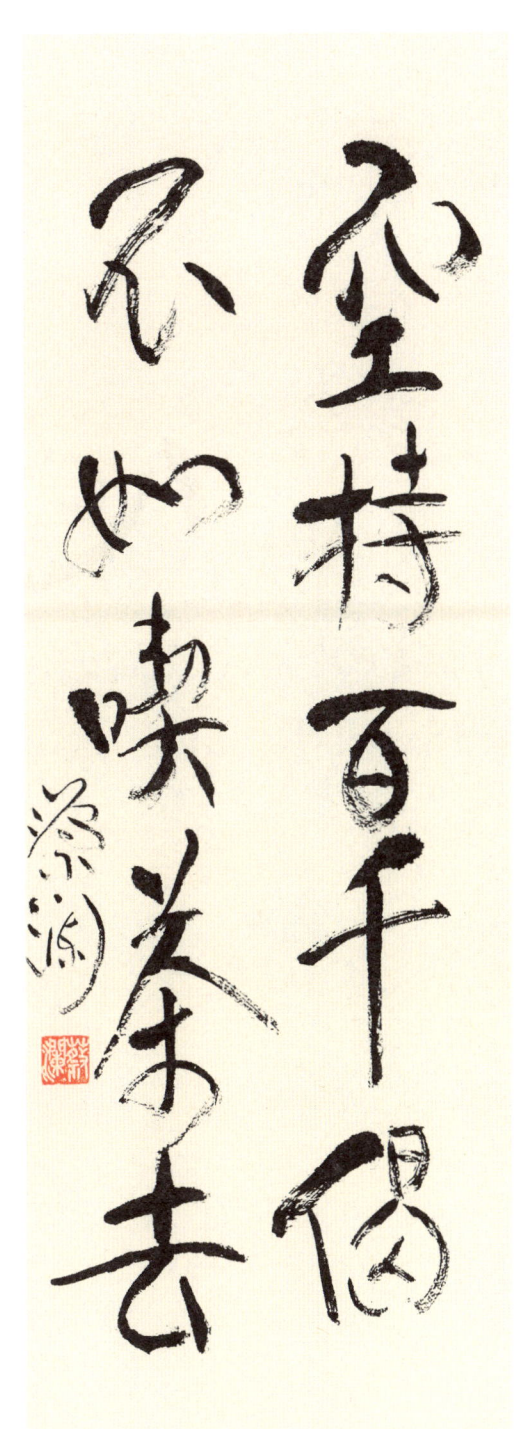

空持百千偈
不如吃茶去

专心

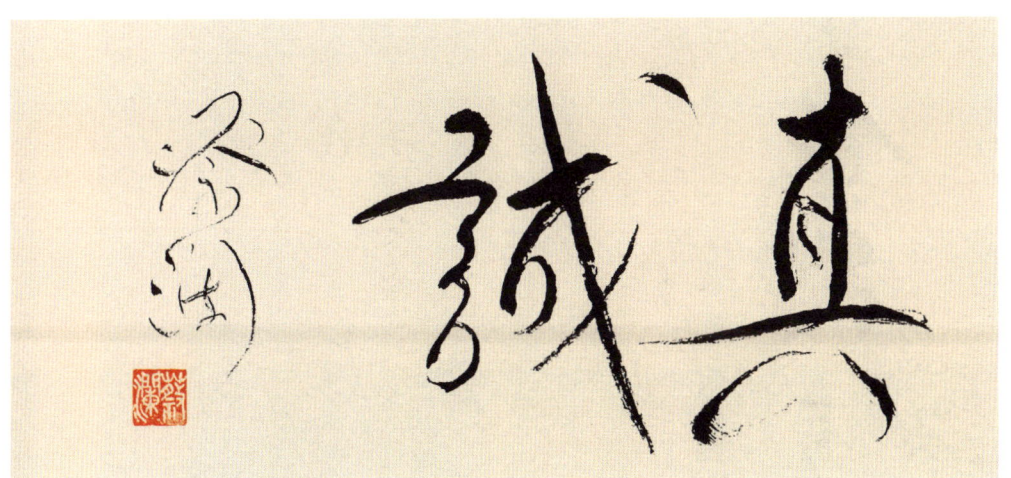

真诚

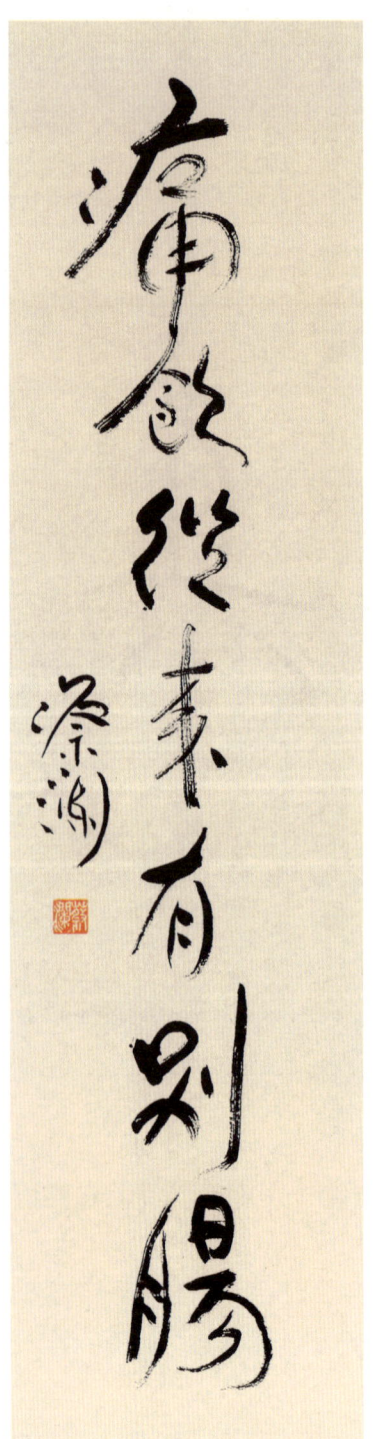

痛饮从来有别肠

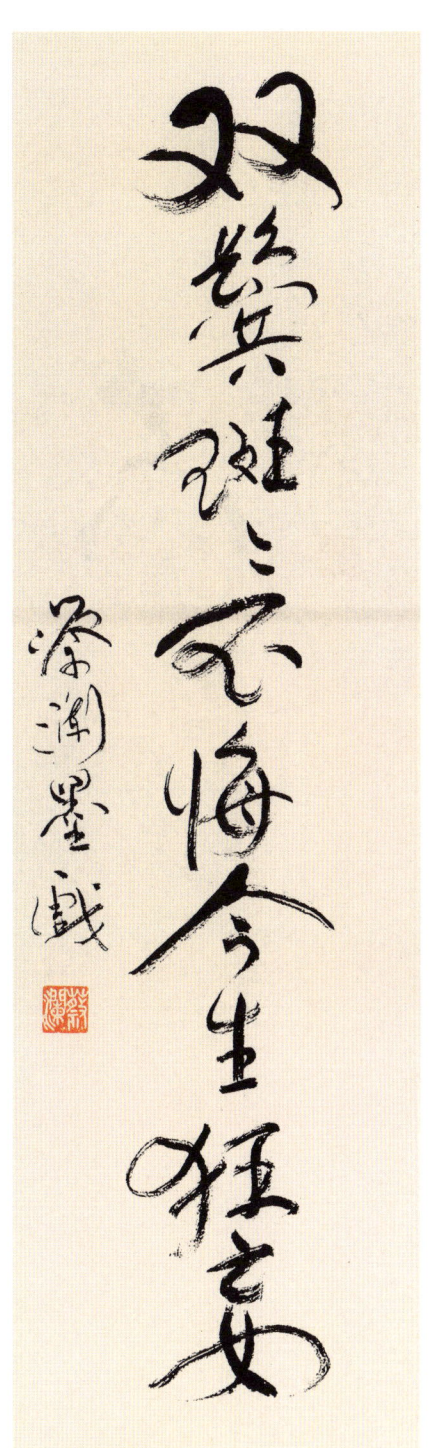

双鬓斑斑不悔今生狂妄

海阔天空

扫雪烹茶

人生在世不称意
明朝散发弄扁舟

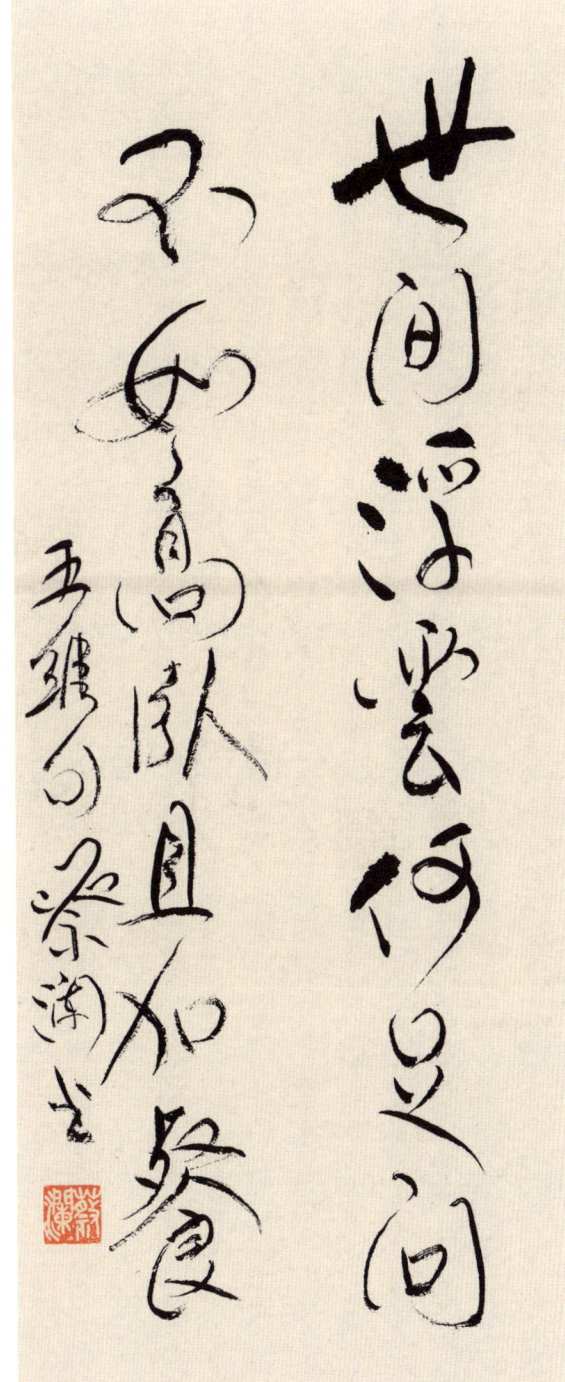

世间浮云何足问
不如高卧且加餐

一酌销千愁

鹤一

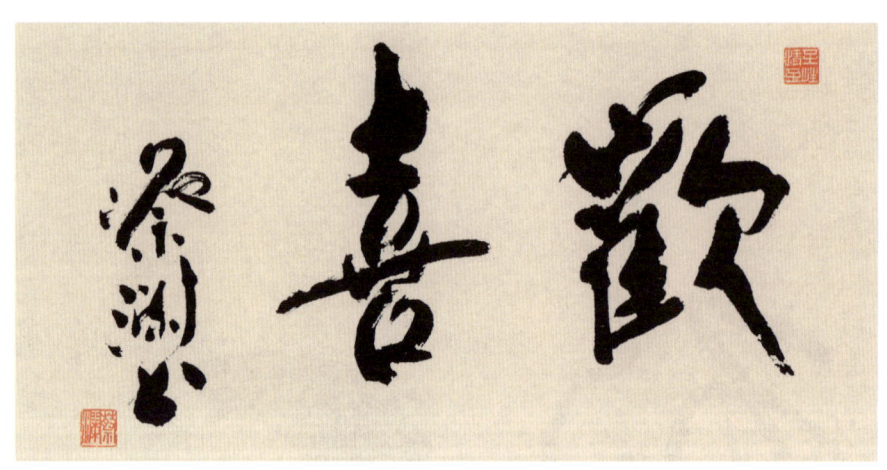

欢喜

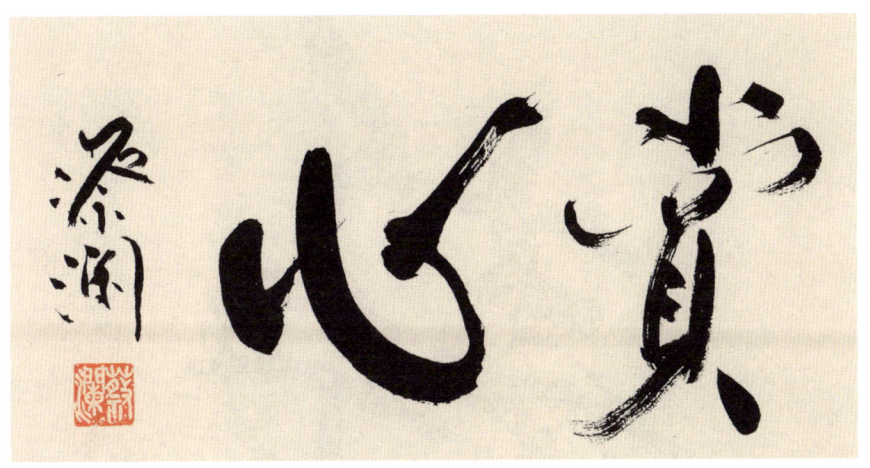

赏心

静

缘

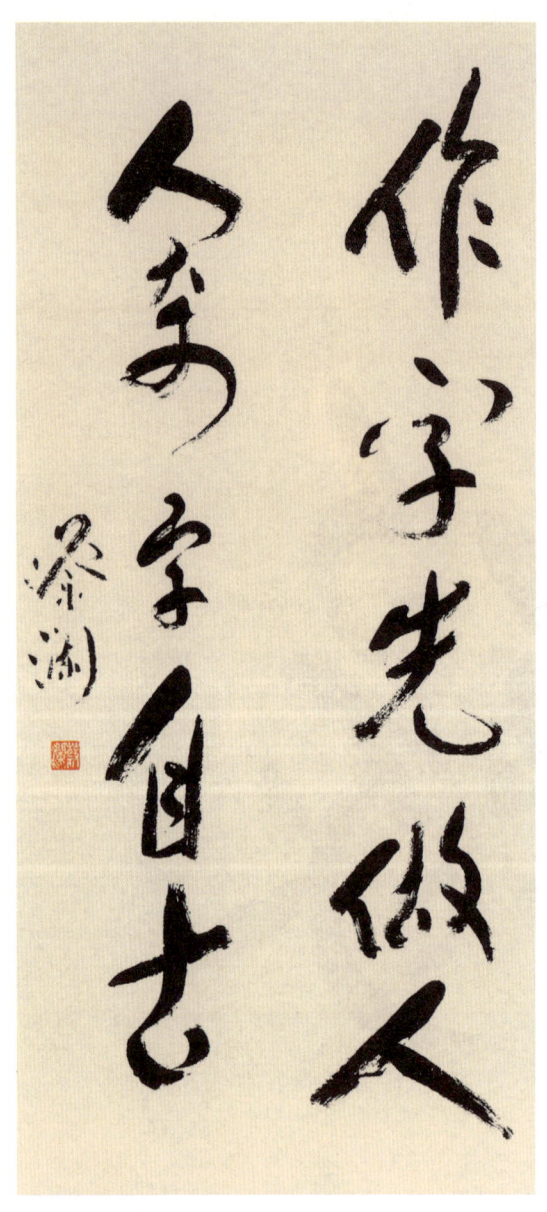

作字先做人
人奇字自古

明月一壶酒
清风万卷书

平常心

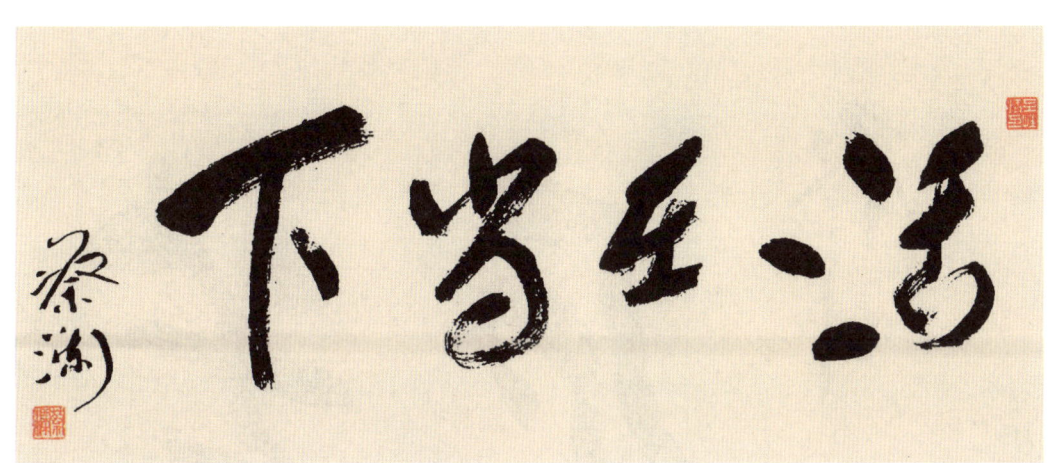

活在当下

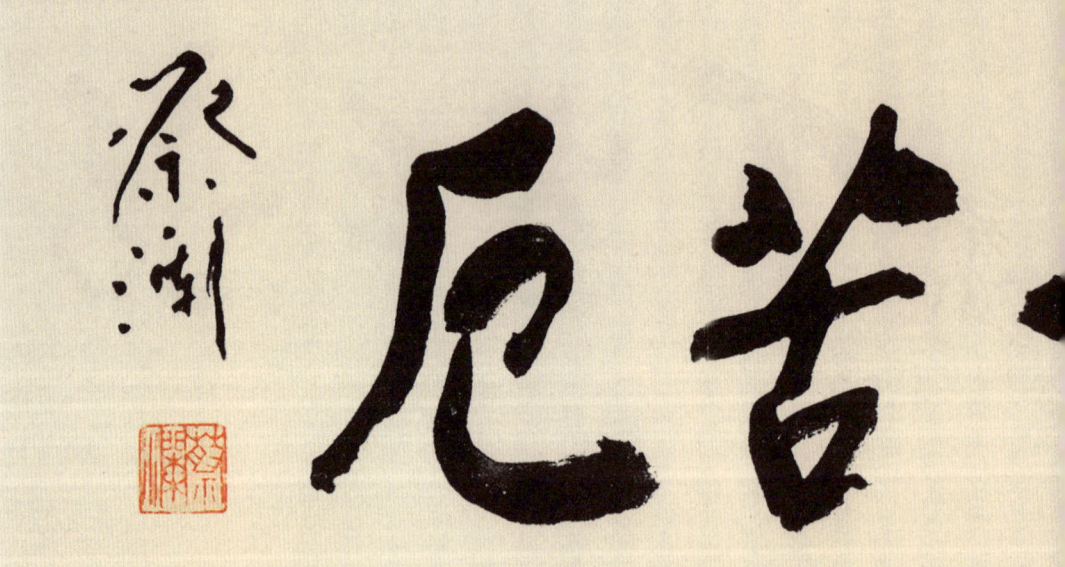

除一切苦厄

真

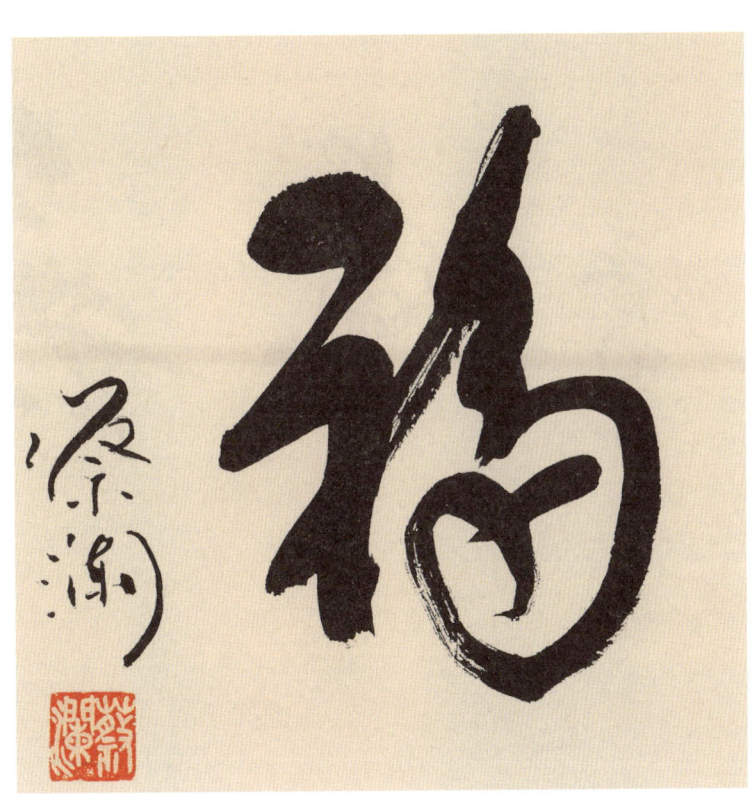

福

无虑

无妨

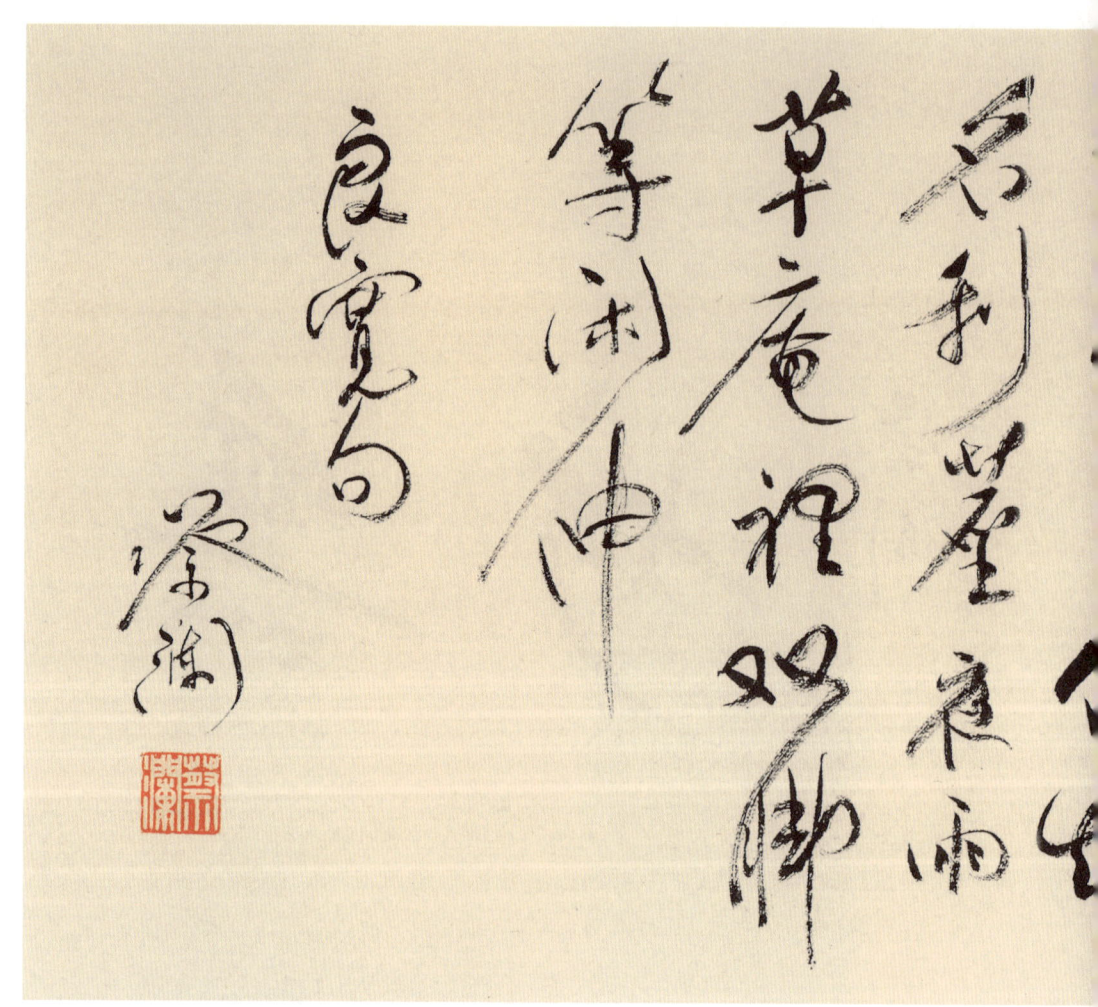

生涯懒立身 腾腾任天真 囊中三升米 炉边一束薪
谁问迷悟迹 何知名利尘 夜雨草庵里 双脚等闲伸

生涯懒立身,腾腾任天真。囊中三斗米,炉边一束薪。谁

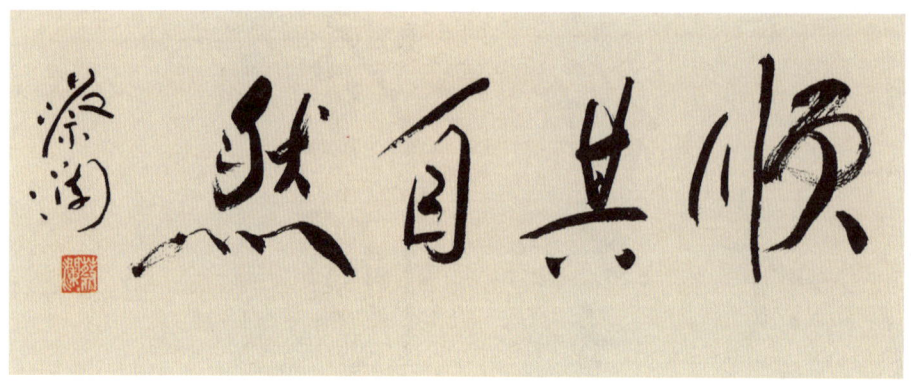

顺其自然

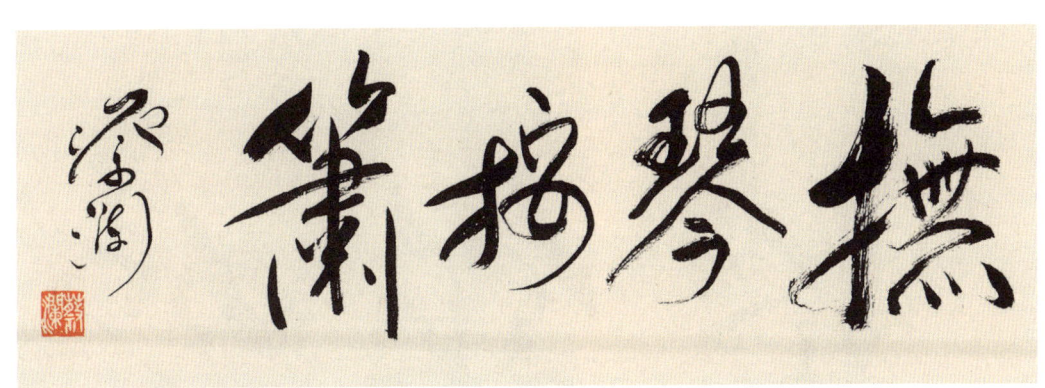

抚琴按箫

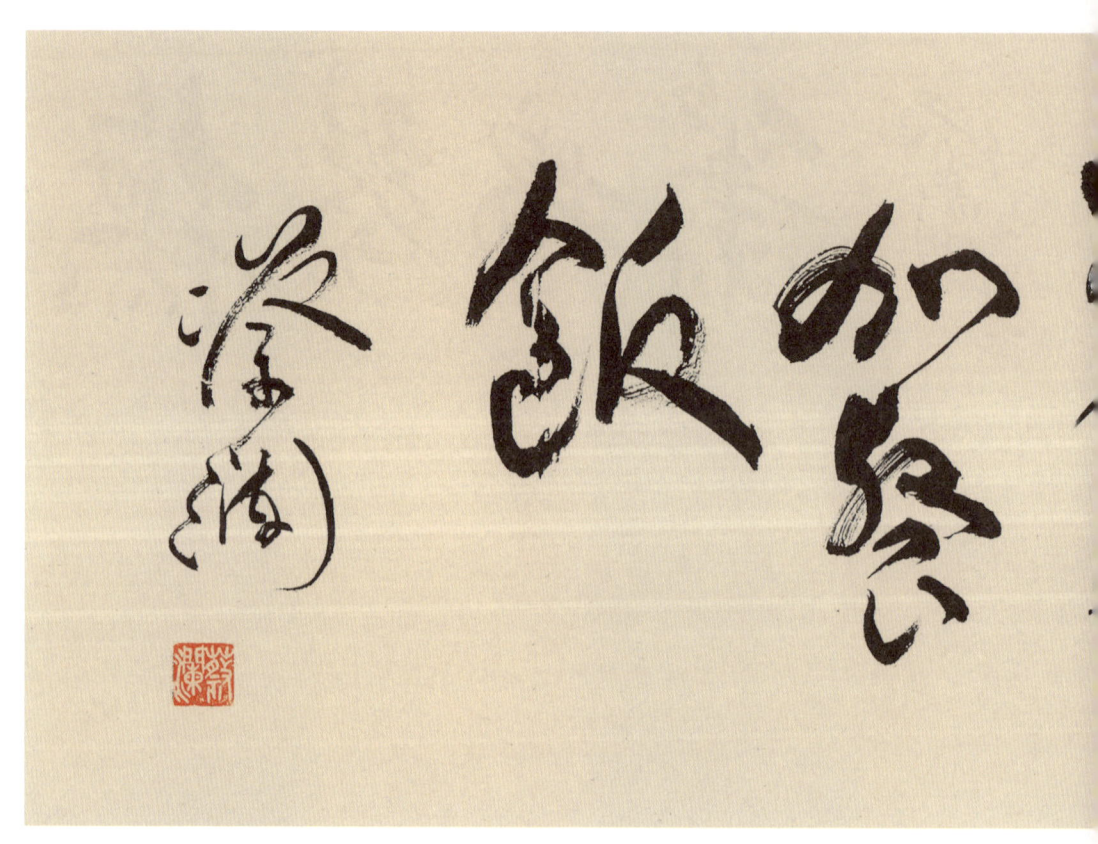

思君令人老　努力加餐饭

馬也今思君
方人

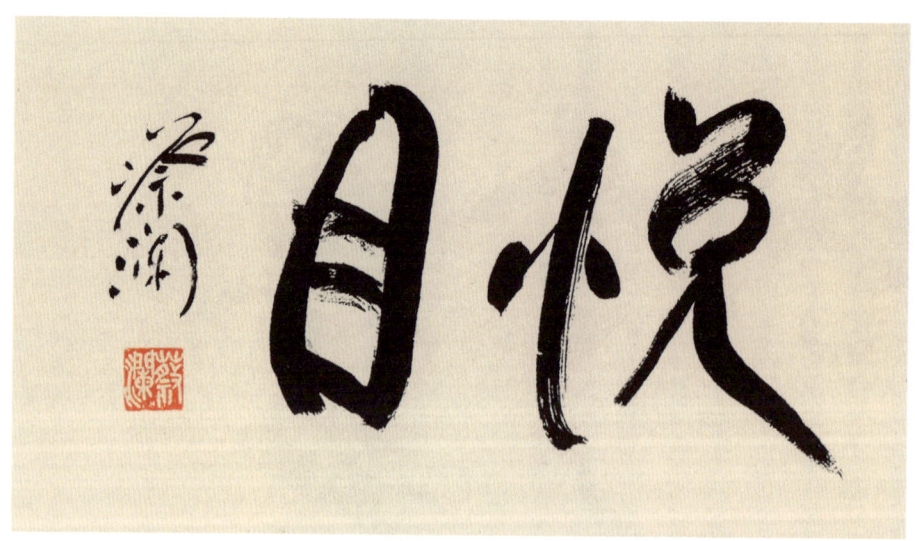

悦目

吉祥

仰天大笑出门去

笑大天帅

我醉欲眠君且去
明朝有意抱琴来

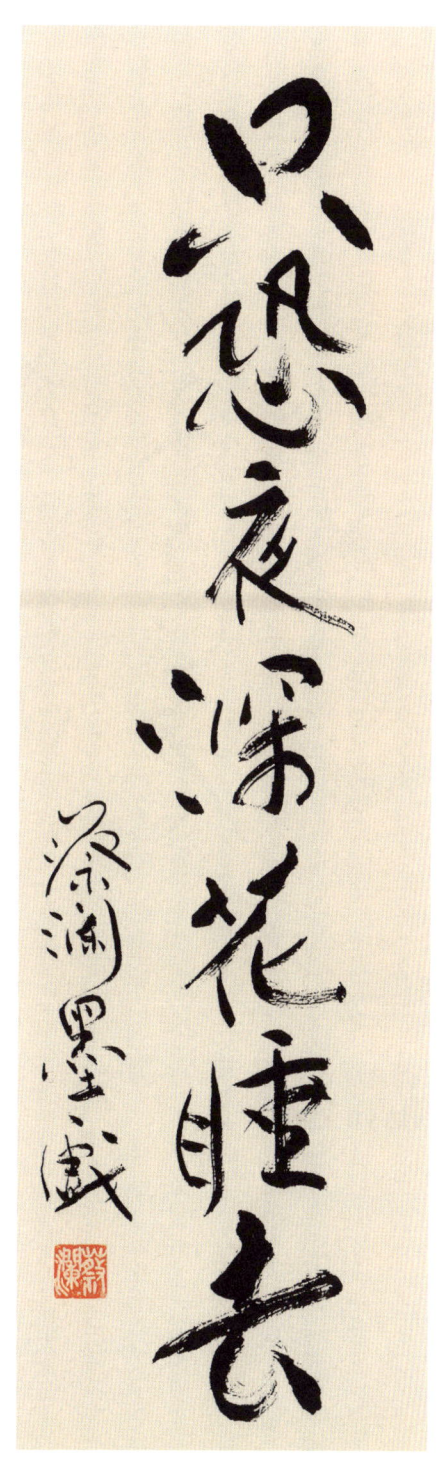

只恐夜深花睡去

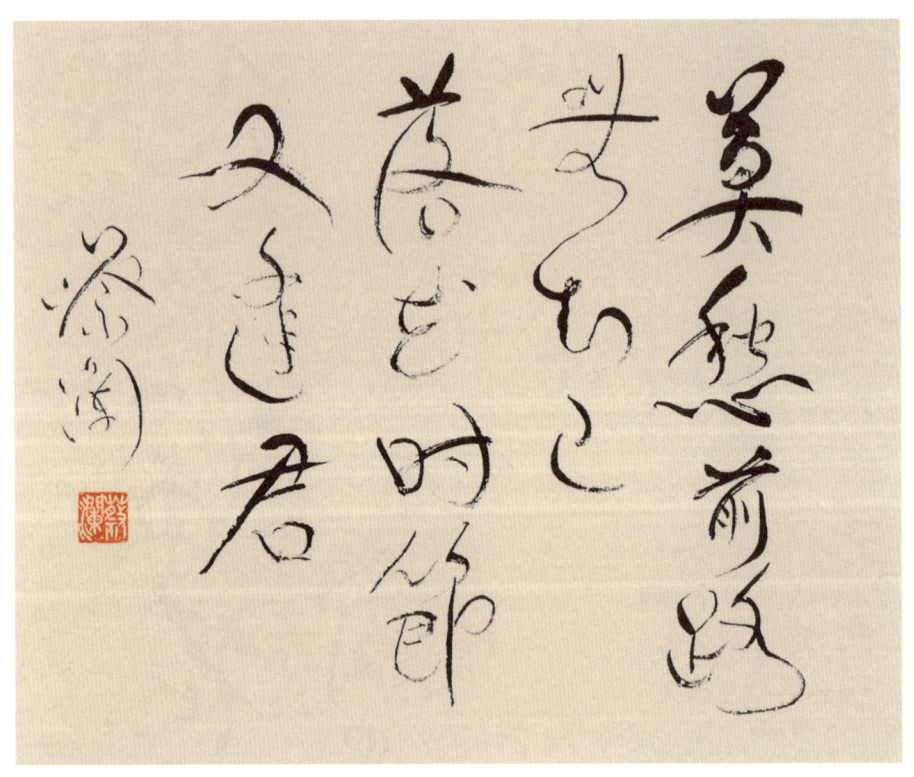

莫愁前路无知己
落花时节又逢君

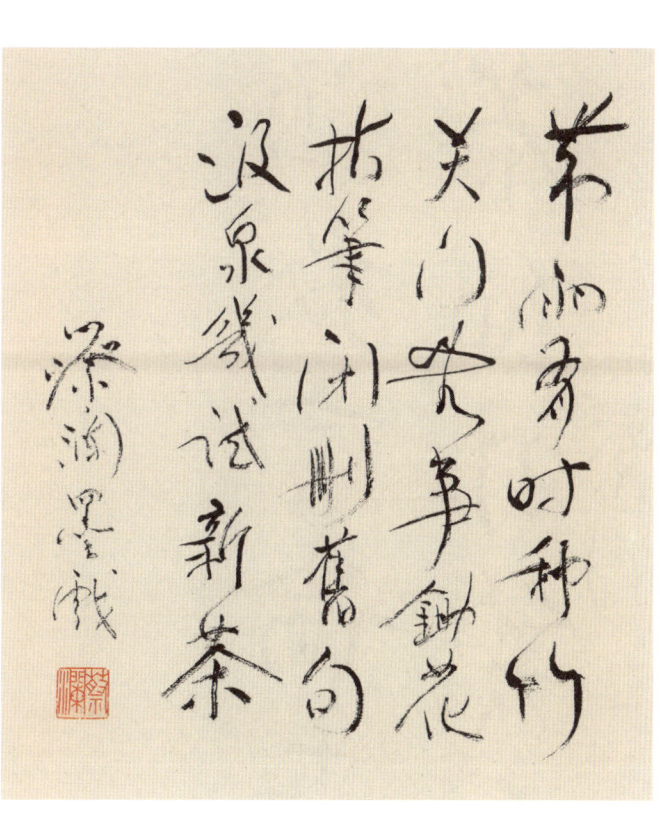

带雨有时种竹　关门无事锄花
拈笔闲删旧句　汲泉几试新茶

煮酒放言论世事
烹茶细味笑人生

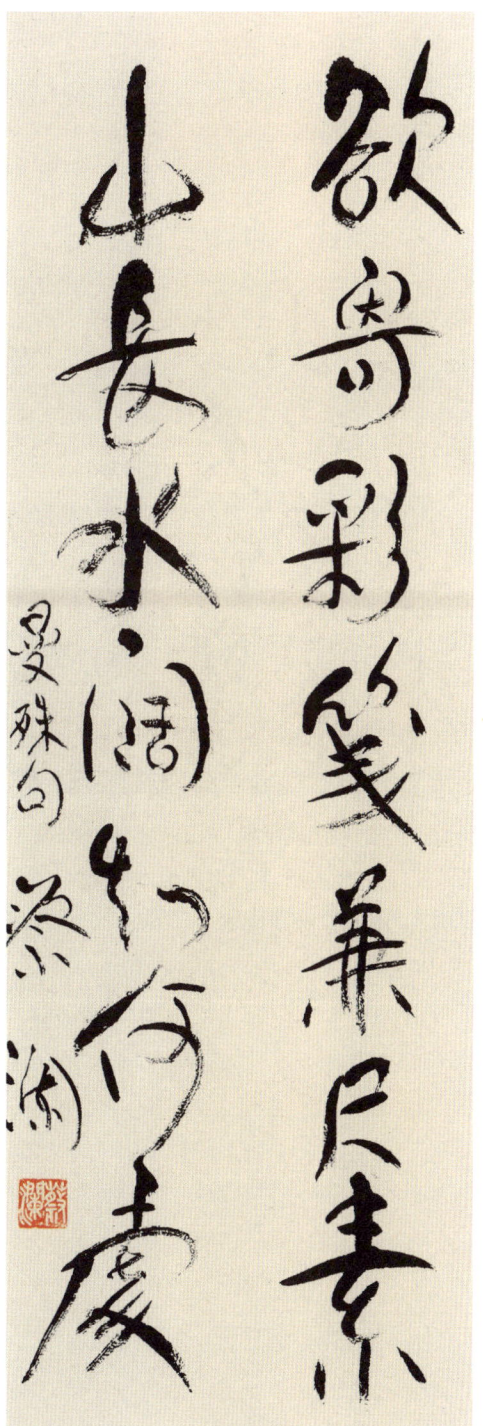

欲寄彩笺兼尺素
山长水阔知何处

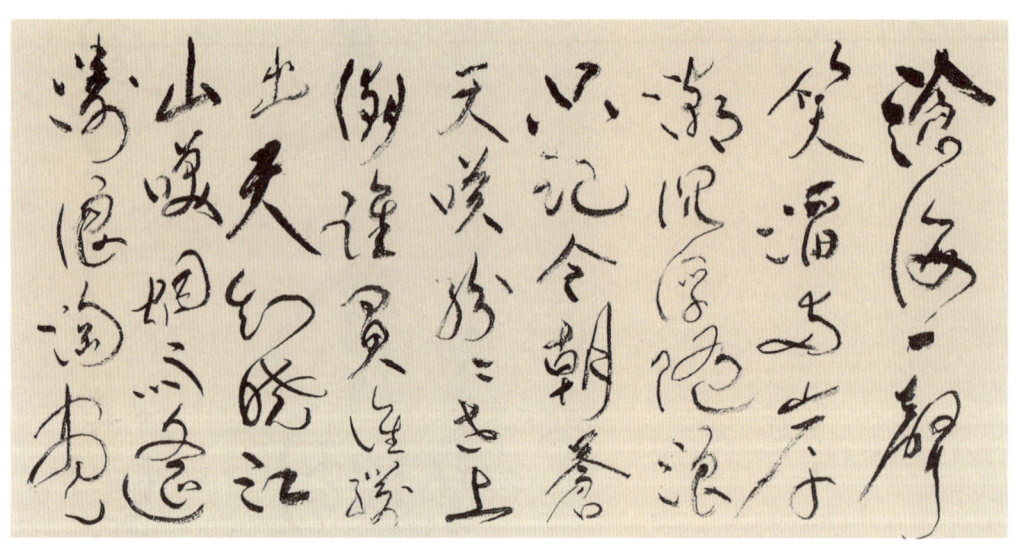

沧海一声笑 滔滔两岸潮 沉浮随浪 只记今朝
苍天笑 纷纷世上潮 谁负谁胜出 天知晓
江山笑 烟雨遥 涛浪淘尽

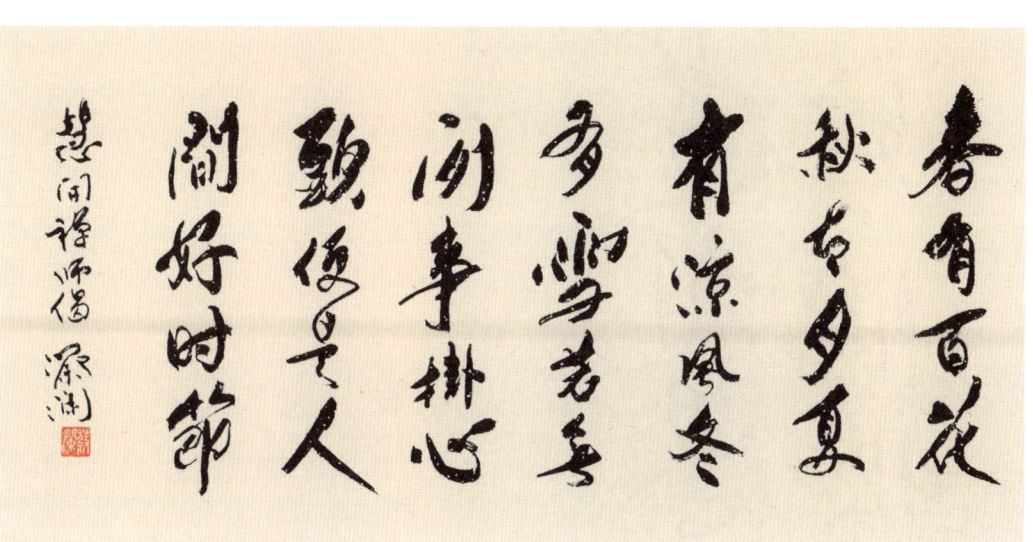

春有百花 秋有月 夏有凉风 冬有雪
若无闲事挂心头 便是人间好时节

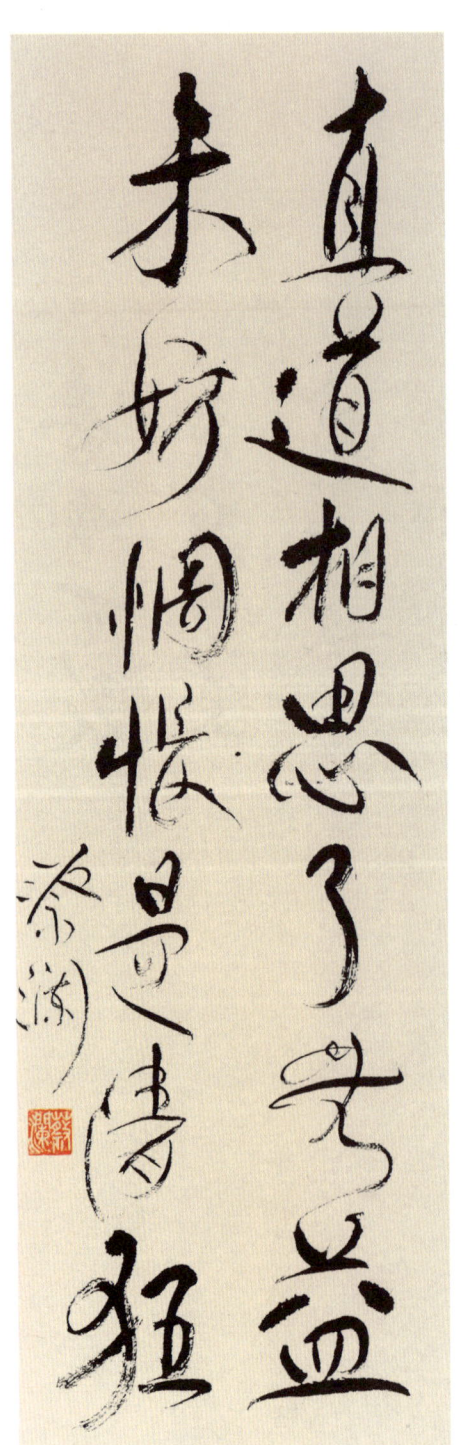

直道相思了无益
未妨惆怅是清狂

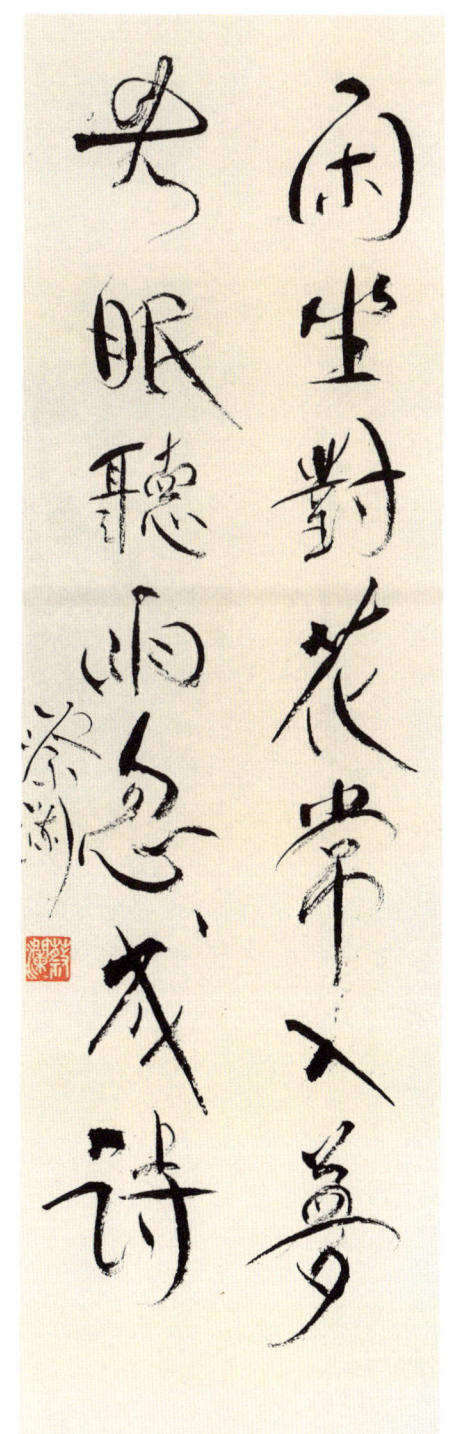

闲坐对花常入梦
无眠听雨忽成诗

无忧

无心

无碍

图书在版编目（CIP）数据

蔡澜说书法：静下心来写写字 / 蔡澜著 . -- 北京：北京时代华文书局，2019.4
ISBN 978-7-5699-2967-6

Ⅰ. ①蔡… Ⅱ. ①蔡… Ⅲ. ①散文集-中国-当代 Ⅳ. ①I267

中国版本图书馆CIP数据核字（2019）第037295号

蔡澜说书法：静下心来 写写字
CAILAN SHUO SHUFA JINGXIA XIN LAI XIEXIEZI

著　　者｜蔡　澜
出　版　人｜王训海
图书监制｜陈丽杰工作室
选题策划｜陈丽杰
责任编辑｜陈丽杰　袁思远
封面设计｜壹中 DESIGN WORKSHOP
版式设计｜段文辉
内文插画｜苏美璐
责任印制｜刘　银　范玉洁

出版发行｜北京时代华文书局 http://www.BJSDSJ.com.cn
　　　　　北京市东城区安定门外大街138号皇城国际大厦A座8楼
　　　　　邮编：100011　电话：010-64267955　64267677
印　　刷｜北京凯德印刷有限责任公司　电话：010-87743828
　　　　　（如发现印装质量问题，请与印刷厂联系调换）
开　　本｜787mm×1092mm　1/16　印　张｜13.5　字　数｜100千字
版　　次｜2019年7月第1版　　　　印　次｜2019年7月第1次印刷
书　　号｜ISBN 978-7-5699-2967-6
定　　价｜59.90元

版权所有，侵权必究

静下心来
写写字

心經

觀自在菩薩行深般若波羅蜜多時照見五蘊皆空度一切苦厄舍利子色不異空空不異色色即是空空即是色受想行識亦復如是舍利子是諸法空相不生不滅不垢不淨不增不減是故空中無色無受想行識無眼耳鼻舌身意無色聲香味觸法無眼界乃至無意識界無無明亦無無明盡乃至無老死亦無老死盡無苦集滅道無智亦無得以無所得故菩提薩埵依般若波羅蜜多故心無罣礙無罣礙故無有恐怖遠離顛倒夢想究竟涅槃三世諸佛依般若波羅蜜多故得阿耨多羅三藐三菩提故知般若波羅蜜多是大神咒是大明咒是無上咒是無等等咒能除一切苦真實不虛故說般若波羅蜜多咒即說咒曰揭諦揭諦波羅揭諦波羅僧揭諦菩提薩婆訶

壬辰初夏沭浴焚香書經為眾生朗誦

蔡澜敬書

東坡此詩似李太白猶恐太白有未到處此書兼顏魯公楊少師李西臺筆意試使東坡復為之未必及此